Maestros de la Literatura Japonesa - 38

Kappa y otras fábulas

MAESTROS DE LA LITERATURA JAPONESA

Kappa
y otras fábulas

Akutagawa
Ryūnosuke

Taducción y prólogo de
Iván Díaz Sancho

SATORI

Colección Maestros de la Literatura Japonesa — 38

Director: Carlos Rubio

SEGUNDA EDICIÓN, diciembre 2025
PRIMERA EDICIÓN, febrero 2020

TÍTULO ORIGINAL: «Kappa» (1927) *Kappa* [河童]; «El hilo de la araña» (1918) *Kumo no ito* [蜘蛛の糸]; «El inmortal» (1922) *Sennin* [仙人]; «Las ranas» (1917) *Kaeru* [蛙]; «Toshishun» (1920) *Toshishun* [杜子春]; «La disputa entre el mono y el cangrejo» (1923) *Sarukanigassen* [猿蟹合戦]; «La ciénaga» (1919) *Numachi* [沼地]; «La ventana» (1919) *Mado* [窓]; «La lealtad de Bisei» (1919) *Bisei no shin* [尾生の信]; «Sueño de mijo» (1917) *Kōryōmu* [黄粱夢]; «Magia» (1919) *Majutsu* [魔術]; «El dios Agni» (1920) *Agni no kami* [アグニの神]; «Ropas» (*c.* 1919) *Kimono* [着物]; «La inmortal» (1927) *Nyosen* [女仙]; «El niño melocotón» (1924) *Momotarō* [桃太郎]; «El bicho del alcohol» (1916) *Shuchū* [酒虫]; «La linterna mágica» (1924) *Gentō* [幻燈] (fragmento de *Shōnen* [少年], 1924); «Los perros y la flauta» (1919) *Inu to fue* [犬と笛]; «La historia del tigre» (1925) *Tora no hanashi* [虎の話]; «Los caprichos» (1921); «Los tres tesoros» (1922) *Mittsu no takara* [三つの宝].

AUTOR: Akutagawa Ryūnosuke*

EDICIÓN EN ESPAÑOL: *Kappa y otras fábulas*

C/ Domingo Juliana, 16, 33213, Gijón, España
www.satoriediciones.com

Maquetación y cubiertas: José Luis González Macías

Ilustraciones cubierta: *Kyodo gangu shu*, (1932), Yamashita Hakuba

Impresión: Imprenta Kadmos

* En esta edición se ha respetado la onomástica japonesa para el nombre del autor, la cual antepone el apellido al nombre propio.

ISBN: 978-84-17419-42-4
Depósito legal: AS 00078-2020

Impreso en España — Printed in Spain

ÍNDICE

水虎問答之図
三拙漁人

PRÓLOGO

> Tan solo los lenguajes de la fábula
> nos harán comprender el mundo.
>
> Juan Carlos Elijas, *La Conquista*

La fábula suele asociarse con la presencia de animales personificados cuyas acciones ejemplifican un comportamiento moral, tal y como expresa la primera acepción del término en el diccionario de la RAE: «Breve relato ficticio, en prosa o verso, con intención didáctica o crítica frecuentemente manifestada en una moraleja final, y en el que pueden intervenir personas, animales y otros seres animados o inanimados». Teniendo en cuenta esta definición, es posible que el lector se extrañe de la inclusión de algunos de los relatos de Akutagawa recopilados en esta antología bajo el paraguas de «fábula». Sin embargo, un acercamiento en profundidad al género a través de la historia de la literatura mostrará que la fábula no está necesariamente protagonizada por animales («pueden intervenir») y que la moraleja no está siempre presente (aunque «frecuentemente manifestada»), tratándose más bien de una metáfora abierta que invita a la reflexión[1]. En este sentido sería más adecuado

---

1 Para un estudio en profundidad sobre la fábula y su distinción de alegorías, mitos y parábolas, véase H. J. Blackham (1985), *The Fable as Literature*, The Athlone Press.

definirla como un «cuento filosófico» a la manera en que era practicado en el siglo XVIII por autores como Voltaire, cuyo *Cándido*, obra de «intención crítica» y con elementos de parodia, puede ser entendida como una fábula. En la misma línea, es posible rastrear el género no solo desde las fábulas de Esopo (simples y directas), sino también desde la tradición fantástica iniciada por Luciano y recuperada en siglos posteriores en obras como los *Viajes de Gulliver* (fábula compleja e indirecta), abriendo así el camino a una mayor exploración de las posibilidades del género en autores contemporáneos, como Aldous Huxley, George Orwell, William Golding o incluso Kafka y el propio Akutagawa.

El primero y el más largo de los relatos incluidos en esta antología es «Kappa», la narración de un loco internado en un sanatorio en la que cuenta cómo persiguiendo a un *kappa*, un ser fantástico de la tradición japonesa habitante de ríos y lagunas, terminó cayendo por un agujero —a la manera de *Alicia en el País de las Maravillas*— para finalmente despertar en el país de los *kappa*; un mundo de lógica invertida que es, al mismo tiempo, reflejo del mundo de los humanos. De este modo, «Kappa», poblada de animales fantásticos que hablan, cumple otra de las características propias de la fábula al presentarse como una historia ficticia que representa una verdad (ver la sexta acepción de la RAE); en este caso la realidad que asoma tras el velo de reglas absurdas y el comportamiento hipócrita de una sociedad avanzada en pleno desarrollo tecnológico y capitalista[2].

2 Entre muchos otros temas citados por Blackham, las fábulas modernas muestran: «el rostro inexorable del capitalismo; la fatalidad del

Al tratarse de una de las últimas obras de Akutagawa, muchos han querido ver reflejado en ella el pánico del autor a heredar la locura de su madre y una justificación de su suicidio a modo de nota póstuma. Pero el texto, una parodia de la sociedad japonesa moderna, va mucho más allá de la mera biografía, expresando igualmente un agotamiento en la propia escritura. A Akutagawa le sucede lo mismo que al poeta Tock, uno de los *kappa* protagonistas: no teme tanto perder la cabeza o su posición social como perder la voz, su voz literaria. El suicidio, en este sentido, no es justificable sino como un acto puro de egoísmo de un escritor desencantado. De hecho, tanto en «Kappa» como en otros relatos de esta antología, descubriremos que Akutagawa es un autor constantemente preocupado por el lenguaje hasta el punto de caer en juegos metaliterarios que rompen con la ilusión narrativa: «Y tantos otros lujos que si tuviéramos que dar noticia de todos ellos, este cuento no terminaría nunca» («Toshishun»); «Bueno, no creo que sea necesario explicar la continuación» («La disputa entre el mono y el cangrejo»); «Hasta aquí, nada que no sepan todos los niños japoneses» («El niño melocotón»). «Lo único que pretendía hacer yo aquí, a imitación del didactismo de los escritores chinos, era exponer los distintos juicios morales al final de

progreso tecnológico; las presiones dominantes de la violencia; la repugnante visión del mal que infecta a la raza humana; la destrucción de las cualidades del hombre; las circunstancias para escapar de las condiciones de la existencia social; los distintos modos de ser humano; el hecho de que el cosmos, terrible como es, no puede ser mejorado por la intervención humana; lo absurdo de los sueños utópicos y la pesadilla de su establecimiento», etc. (ver *op. cit.*).

esta historia» («El bicho del alcohol»). Estos recursos son el reflejo de una crisis profunda en el seno de un autor en constante búsqueda de un equilibrio entre forma y contenido[3]; una problemática latente en la mayoría de los relatos de esta antología y que alcanzará su punto álgido en «La ciénaga», quizás la menos obvia de las fábulas como tal, donde el «yo» narrativo, de visita en una exposición de pintura, se identifica con una obra cuya expresión desentona con el resto (situación que refleja, además, la pasión que sentía Akutagawa por la pintura impresionista y posimpresionista). No es de extrañar, de este modo, que el género elegido para representar la tensión entre la forma y el contenido sea la fábula, puesto que esta no se define tanto por su forma concreta como por la adecuación de la forma a lo que se quiere expresar, siendo «un artefacto narrativo para provocar y estimular el pensamiento concreto centrado en algún asunto de interés general» y cuyo mensaje no está expuesto, sino encarnado en el propio texto: el mensaje es el medio (Blackham 1985).

Junto a «Kappa», el lector encontrará otro tipo de fábulas muy diversas, algunas de las cuales fueron originalmente escritas por Akutagawa como cuentos infantiles: «El hilo

3 Sobre esta cuestión hace alusión el propio Akutagawa en algunos de sus ensayos, siendo de la opinión de que la forma —la expresión— no consiste en un mera técnica o artificio retórico, sino que va íntimamente ligada al contenido: «el arte consiste en la expresión» («Superando ciertos malos hábitos», *Aru aku keikō wo haisu*, 1918); «el contenido de una obra es necesariamente el contenido que se funde con la forma» («Sobre el arte y otros temas», *Geijutsu sono hoka*, 1919); «Indivisibilidad de forma y contenido» («Contenido y forma», *Naiyō to keishiki*, ¿1923?).

de la araña» (fábula de inspiración budista); «Toshishun» (fábula de origen chino); «El dios Agni» y «Magia» (fábulas con elementos exóticos y esotéricos, chinos e hindús); «Los perros y la flauta» (fábula de aventuras arraigada en el folclore japonés); «Los tres tesoros» (fábula con tintes europeos escrita en forma de pieza teatral)[4]. Diversidad que se corresponde perfectamente con la voluntad de hallar una expresión adecuada a cada tema, además de ser una demostración contundente del interés de Akutagawa por universalizar su prosa a través de la exploración de distintas tradiciones. Si en la anterior antología de Akutagawa publicada por Satori, *Rashomon y otros relatos históricos* (2015), quedaba sugerido el gusto del autor por adaptar la tradición literaria japonesa a un estilo moderno de escritura, en esta ocasión se hace hincapié, por un lado, en la reconstrucción *sui generis* de algunos «cuentos de hadas» o fábulas tradicionales japonesas y, por otro, en la reescritura de relatos de la literatura clásica china.

Entre el primer grupo destacarían «La disputa del mono y del cangrejo» y «El niño melocotón», que van mucho más allá de la recreación de la fábula original para convertirse en un alegato político contra los excesos del Gobierno, en una época (entre las eras Meiji y Showa) en la que se dio de

---

4 Fue el editor y escritor Suzuki Miekichi (1882-1936), discípulo de Natsume Soseki, quien animó a Akutagawa a escribir cuentos infantiles para su revista *Akai Tori* («Pájaro rojo»); revista cuya pretensión principal era renovar el género de la literatura infantil dotándola de una expresión más elaborada y menos utilitarista, lejos de la mediocridad y el poco valor literario de los cuentos de la época. «El hilo de la araña» apareció en el primer número, publicado en julio de 1918.

forma sistemática la represión de la izquierda, al tiempo que se avanzaba a pasos agigantados hacia la militarización de la sociedad; un proceso que culminaría en la invasión de Manchuria en 1931 y más tarde en la guerra del Pacífico. A pesar de no tratarse de una aproximación realista al tema, algunos críticos ven en estos cuentos un precedente de la denominada «literatura proletaria», en boga durante los años treinta. «El niño melocotón», escrito en 1924, recrea el cuento folclórico de Momotarō, un niño con poderes sobrenaturales que nace de un melocotón gigante y que es hallado en el río por dos ancianos campesinos de una aldea japonesa. Al crecer, siendo todavía niño pero poseedor de una fuerza descomunal, Momotarō parte hacia la isla Onigashima con la misión de exterminar a los *oni* (especie de ogros o demonios que amenazan la paz de los aldeanos), reclutando por el camino a tres animales que lo asistirán en su empresa. La versión de Akutagawa puede leerse como una crítica del colonialismo y del imperialismo en cualquier tiempo y en cualquier lugar, si bien la idea surge de un viaje que el autor realiza por China en 1921 como corresponsal del periódico *Osaka Mainichi Shinbun*[5]. Allí experimentaría el sentimiento antijaponés todavía presente entre la población desde las guerras sino-japonesa (1894-1895) y ruso-japonesa (1904-1905), en las que los soldados japoneses

5 Un viaje que empezaría en Shanghái con mal pie, puesto que Akutagawa llegó enfermo y tuvo que quedarse en la ciudad tres semanas para guardar reposo. También a su vuelta arrastraría constantes problemas de salud. De este viaje surgiría la obra *Shanghai yūki* (*Notas de viaje de Shanghái*, 1921), aunque el interés de Akutagawa por China queda ya patente en algunos de sus cuentos previos al viaje.

cometieron barbaridades en el continente amparados por la política expansionista del Gobierno en territorio chino y coreano[6]. Durante su viaje también se entrevistaría con algunos intelectuales de la época, como el diplomático y calígrafo Zheng Xiaoxu (1860-1938) o el filósofo y activista revolucionario Zhang Taiyan (1868-1936), siendo precisamente las palabras de este último las que inspirarán a Akutagawa para crear la fábula en cuestión: «Al japonés que más detesto es a Momotarō, el conquistador de la Isla de los Demonios»[7]. Con todo, también es tentador leer el texto bien de forma anacrónica, extrapolándolo a la unificación de la nación japonesa en detrimento de las etnias indígenas de islas como Okinawa en el sur o Hokkaido en el norte, bien leyéndolo de forma retrospectiva para descubrir una descripción muy adecuada de las invasiones niponas posteriores como la de Manchuria, igual que si se tratara de una premonición[8].

---

6 Akutagawa transcribe en su diario algunos de los grafitis con mensaje antijaponés con los que se encuentra en su viaje. En cuanto a la crítica del imperialismo japonés, destaca la obra «Shōgun» («El general», 1922) que hace referencia al general Nogi Maresuke (1849-1912), una figura clave en las dos guerras citadas, y que fue censurada en algunos de sus pasajes.

7 Palabras de Zhang Taiyan según el propio Akutagawa en el texto «Prejuicios» (*Hekiken*, 1924).

8 Resulta irónico que justamente el primer largometraje de animación en la historia de Japón tuviera como protagonista a Momotarō, el niño melocotón, y fuera elaborado como propaganda militar (*El niño melocotón: los guerreros divinos del mar, Momotarō —Umi no Shinpei*, 1945).

En cuanto a las adaptaciones de historias chinas («La lealtad de Bisei», «Sueño de mijo», «La inmortal» y «El bicho del alcohol»), entre las que también pueden incluirse los cuentos para niños «Toshishun» y «El inmortal» (si bien en este se adapta el tema de los inmortales taoístas al contexto japonés del periodo Edo), la condición de fábula viene dada por el elemento de lo extraordinario, de lo fabuloso. Akutagawa se inspira aquí en el género chino conocido como *chuanqi* (lit. «transmisión de prodigios»). La preferencia de Akugatawa por los elementos fantásticos y sobrenaturales es una constante en su obra y se remonta igualmente a su pasión por autores occidentales, como Poe o Hoffmann, pero aquí resulta evidente su interés por acercarse a —y recrearse en— los principios morales propios del taoísmo y del confucianismo, dotando a algunos textos de un leve matiz humorístico y a otros de un tono de añoranza que invita a suspirar por la realidad perdida, la realidad soñada, a medio camino entre la plenitud y la renuncia.

Finalmente, incluimos en esta antología un tercer grupo de escritos que expanden las posibilidades de la fábula mediante la tranfiguración del «yo» narrativo, igual que sucede con la voz del loco de «Kappa», y que muestran el acercamiento de Akutagawa a un género, la literatura confesional o «novela del yo» (*watakushishōsetsu*), que también practicó en relatos como «Los engranajes» o «Vida de un idiota», recogidos por Satori en la antología *Vida de un idiota y otras confesiones* (2012). El lector se sentirá tentado a ver detrás de ese «yo» al propio Akutagawa: vengándose en ocasiones de los críticos y de otros literatos de forma más o menos sutil como ya lo hiciera en «Kappa» (ver «La ciénaga», «Ropas» y los fragmentos «Fantasmas» y «Ojos» de «Los Caprichos»); rememorando otras veces sus propios ensueños de la infancia («La linterna mágica»); o fabulando el sentimiento de soledad a base de repeticiones obsesivas en «La ventana», cuyo tono recuerda en cierto modo al relato «La lealtad de Bisei».

Frente a esta disparidad de temas y estilos, además del tono de «fábula» como elemento aglutinante, el lector descubrirá referencias —pequeñas obsesiones del autor— que reaparecen de un cuento a otro y que conforman una visión unitaria de la antología, pudiéndose incluso leer el libro a la inversa: la multiplicidad de relatos breves se corresponde con la búsqueda incesante de una voz muy particular que cuajará finalmente en «Kappa», cronológicamente posterior al resto. El lector descubrirá, por ejemplo, la relación entre «Fantasmas» y un capítulo de «Kappa»; o encontrará coincidencias inesperadas entre textos completamente desligados entre sí como «Fatiga» (en «Los Caprichos») o «Los perros y la flauta». Sin embargo, si hay algo que otorga realmente unidad al conjunto de los relatos, es la disposición de los personajes, quedando la mayoría de ellos situados en un eje vertical que oscila entre lo superior (lo sobrenatural) y lo inferior (lo material); un eje dinámico en constante movimiento de abajo arriba y de arriba abajo con propiedades similares a los mecanismos del sueño. Los personajes ascienden y/o descienden, vuelan y/o caen, aparecen y/o desaparecen. Hay quienes buscan la salvación en lo sobrenatural y se ven abocados al abismo; otros se hunden en las condiciones más miserables del ser humano —a veces como víctimas, a veces como culpables de sus propios actos— para después sublimar su existencia en estados superiores, o bien para alcanzar la paz del espíritu a través de la renuncia. Y junto al eje vertical, vemos formarse en ocasiones un eje horizontal, estático, que sitúa a los personajes en los límites de una realidad social en la que se ven atrapados: seres ociosos como Toshishun, expulsado una y otra vez hacia las márgenes de la ciudad, con la mirada absorta, siempre observando las nubes pasajeras o las estrellas inmóviles; seres que están condenados a explorar más allá de los límites de la propia humanidad: excéntricos y *outsiders*, locos y tontos (según el narrador de «Kappa», estos últimos los únicos dichosos); seres, al fin y al cabo, que aun teniendo un destino predeterminado, en algún momento despiertan del sueño, de su propia ficción, para dirigirse al lector y unirse a él en la exploración de ese otro sueño que es la vida: «Una vez que hemos abierto los ojos, ya no podemos seguir viviendo en los reinos de los cuentos de hadas. Frente a nosotros, desde el fondo de la niebla, se nos aparece un mundo más amplio. ¡Un mundo enorme! ¡Un mundo más hermoso, más horrible, más extenso! Un mundo en el que no sabemos si nos espera el sufrimiento o la alegría» («Los tres tesoros»).

Kioto, 1 de octubre de 2019

NOTA AL TEXTO

La traducción de los relatos publicados en la presente antología se ha realizado a través del original japonés:

«Kappa» (1927) *Kappa* [河童]; «El hilo de la araña» (1918) *Kumo no ito* [蜘蛛の糸]; «El inmortal» (1922) *Sennin* [仙人]; «Las ranas» (1917) *Kaeru* [蛙]; «Toshishun» (1920) *Toshishun* [杜子春]; «La disputa entre el mono y el cangrejo» (1923) *Sarukanigassen* [猿蟹合戦]; «La ciénaga» (1919) *Numachi* [沼地]; «La ventana» (1919) *Mado* [窓]; «La lealtad de Bisei» (1919) *Bisei no shin* [尾生の信]; «Sueño de mijo» (1917) *Kōryōmu* [黄粱夢]; «Magia» (1919) *Majutsu* [魔術]; «El dios Agni» (1920) *Agni no kami* [アグニの神]; «Ropas» (c. 1919) *Kimono* [着物]; «La inmortal» (1927) *Nyosen* [女仙]; «El niño melocotón» (1924) *Momotarō* [桃太郎]; «El bicho del alcohol» (1916) *Shuchū* [酒虫]; «La linterna mágica» (1924) *Gentō* [幻燈] (fragmento de *Shōnen* [少年], 1924); «Los perros y la flauta» (1919) *Inu to fue* [犬と笛]; «La historia del tigre» (1925) *Tora no hanashi* [虎の話]; «Los caprichos» (1921) [LOS CAPRICHOS]; «Los tres tesoros» (1922) *Mittsu no takara* [三つの宝].

La transcripción de los términos japoneses sigue el sistema Hepburn, según el cual las consonantes se pronuncian como en inglés y las vocales, de manera muy semejante al español. Conforme a la costumbre japonesa, los nombres propios van precedidos por el apellido.

Para facilitar la comprensión del texto, se han incluido notas al pie y un glosario de términos japoneses.

KAPPA

PREFACIO

Esta es la historia que el paciente número 23 de cierto hospital psiquiátrico le cuenta a todo el mundo. Su edad pasará de los treinta, aunque a primera vista se le ve un loco bien lozano. Más de la mitad de su vida se la había pasado sufriendo… Bueno, eso carece ahora de importancia. Inmóvil, abrazándose las rodillas mientras echaba de vez en cuando una ojeada más allá de la ventana (una ventana con barrotes de hierro en cuyo exterior un roble extendía sus ramas secas hacia un cielo cubierto de nubes que anunciaban nieve), nos relataba prolijamente su historia; a mí y al doctor S, el director del centro. Que permaneciera inmóvil no significaba, en realidad, que no gesticulara. Cada vez que hacía uso de expresiones como «me quedé perplejo», echaba la cabeza hacia atrás con brusquedad.

He procurado reproducir aquí su relato con la mayor fidelidad posible. Pero si aun así hubiera quien no quedara satisfecho con mi escrito, que vaya de visita al manicomio S del pueblo XX en las afueras de Tokio y lo compruebe por sí mismo. El paciente 23, que aparenta ser más joven de lo que es, lo recibirá con una respetuosa inclinación de cabeza y luego le señalará con el dedo una silla sin almohadón. Acto seguido, esbozando una mueca de amargura, repetirá su relato con parsimonia. Finalmente —me viene a la memoria el color de su rostro cuando terminó de contarnos la historia—, se levantará de golpe agitando el puño en el aire y les gritará a los presentes: ¡fuera de aquí, canallas! ¡Son ustedes unos animalejos estúpidos, envidiosos, indecentes! ¡Desvergonzados, engreídos, crueles, oportunistas! ¡Lárguense, alimañas!

I

Me sucedió hace tres veranos. Con una mochila a cuestas, igual que hace todo el mundo, me disponía a ascender al monte Hotaka desde la posada de los baños termales de Kamikochi. Como es bien sabido, para ascender al monte Hotaka, no hay más opción que bordear el río Azusa. Yo ya había subido aquel monte otras veces, y también el Yarigatake, así que decidí aventurarme sin guía, río arriba, a través de la bruma matutina que descendía por el valle. Por la cuenca del Azusa, cubierta de niebla matinal... La niebla, por mucho tiempo que pasara, no daba señales de disiparse. Más bien lo contrario, pues se iba volviendo más y más espesa por momentos. Tras una hora de camino decidí que lo mejor sería regresar a la posada, aunque para volver a Kamikochi debía esperar de todos modos a que se levantara la niebla, que era cada vez más densa. «Bueno, será mejor que continúe el ascenso», pensé, y me fui abriendo paso entre las cañas de bambú junto a la orilla, procurando no alejarme demasiado del curso del río.

Mis ojos no alcanzaban a ver más allá de aquella espesa niebla, solo interrumpida de forma intermitente por alguna rama gruesa de haya o de abeto cubierta de hojas verdes; o cuando asomaba de repente frente a mí la cabeza de un caballo o de una vaca de pastoreo. Cosas que volvían a desaparecer en un abrir y cerrar de ojos entre el espesor de la niebla. Tras un buen rato de caminata, empecé a notar el cansancio en las piernas y me entró hambre. Para colmo, la ropa de montañero, la manta que llevaba de abrigo y demás, todo empapado por efecto de la niebla, me pesaba más de lo normal. Así que finalmente me di por vencido: dejándome guiar por el sonido del agua que corría entre las rocas, tomé el camino de vuelta hacia las márgenes del Azusa.

De regreso a la orilla, me senté en una roca con la intención de comer algo. Entre que abría una lata de carne en conserva y recogía algunas ramas secas para encender un fuego, debieron de pasar al menos diez minutos. En ese intervalo, aquella niebla del demonio, que lo cubría todo, había empezado a despejarse lentamente. Mordí un pedazo de pan y le eché un vistazo a mi reloj de pulsera. Marcaba la una y veinte pasadas. Eso me sorprendió, pero no tanto como la sombra que apareció proyectada un segundo sobre el cristal del cuadrante: el reflejo de un rostro perturbador. Me volví, asustado. Entonces... Esa fue, en realidad, la primera vez que vi a uno de esos seres que llaman *kappa*. Plantado en lo alto de la roca detrás de mí, agarrando un tronco de abedul con una mano y la otra puesta de visera, un *kappa* como los que pueden verse en las ilustraciones me observaba desde lo alto con curiosidad.

Me quedé atónito, completamente inmóvil. El *kappa* también parecía haberse quedado petrificado, pues ni siquiera le tembló la mano con la que se cubría los ojos. Entonces, me incorporé de golpe y di un salto hacia la roca donde se hallaba el *kappa*, quien a su vez, viéndome venir, echó a correr. O eso es lo que a mí me había parecido. En realidad, justo en el preciso instante en que se apartaba a un lado para esquivar mi arremetida con gran agilidad, desapareció como por arte de magia. Sin salir de mi asombro, lo busqué a mi alrededor, entre la vegetación, hasta que di con él. A unos dos o tres metros de distancia, el *kappa* volvía su rostro hacia mí por encima del hombro, en disposición de darse a la fuga. Algo que no me pareció para nada extraño. Lo que no me esperaba fue el cambio de color en su cuerpo. El *kappa*, que me había estado observando desde lo alto de la roca, tenía la piel completamente grisácea. Sin embargo, ahora, todo su cuerpo se había vuelto verde. «¡Maldita bestia!», le grité y me abalancé de nuevo hacia él. El *kappa*, como era previsible, huyó. Acto seguido, durante al menos treinta minutos, atravesando la espesura y dando saltos de roca en roca, lo perseguí a la desesperada.

El *kappa*, en cuanto a velocidad se refiere, no tiene nada que envidiarle al mono. Durante mi afanosa persecución, fueron varias las ocasiones en las que estuve a punto de perderlo de vista. No fueron pocas tampoco las que resbalé y terminé rodando por el suelo. Afortunadamente, justo cuando el *kappa* esquivaba por debajo las gruesas ramas de un enorme castaño de Indias, un toro que andaba por allí pastando se interpuso en su camino. Y no un toro cualquiera, sino uno de esos con cuernos prominentes y los ojos inyectados de sangre. El *kappa*, en cuanto lo vio, chilló algo incomprensible, pegó un salto y, tras varias volteretas en el aire, terminó zambulléndose entre unas cañas excepcionalmente altas. Yo... «¡Lo tengo!», pensé, y me fui tras él, pisándole los talones. Pero no vi el agujero que, escondido entre la vegetación, se abría bajo mis pies. Ya a punto de alcanzar al *kappa*, rozando con los dedos su espalda de piel tersa, me vi de repente cayendo de bruces hacia una profunda oscuridad. Resulta curioso cómo los seres humanos, en esos ínfimos instantes de peligro, nos ponemos a pensar en nimiedades. «¡Ah!», mientras caía, recordé que cerca de las termas de Kamikochi había un puente llamado Kappa. Entonces... Lo que pasó después no lo recuerdo claramente. Sentí frente a mis ojos el resplandor de un relámpago y perdí el conocimiento.

2

Cuando recobré el sentido, me encontraba estirado boca arriba y rodeado de un montón de *kappa*. Uno de ellos, que sobre su grueso pico llevaba unos quevedos, estaba arrodillado junto a mí, auscultándome el pecho con un estetoscopio. Al ver que yo abría los ojos, hizo un gesto para que no me moviera. Luego se dirigió a alguien detrás de él diciendo: «Quax, quax». En eso aparecieron dos *kappa* de alguna parte cargando una camilla. Me acostaron sobre ella y, rodeado en todo momento por una multitud de *kappa*, avanzamos en silencio por una calle que, mirara hacia donde mirara, no se diferenciaba en nada de la avenida Ginza. A ambos lados se extendía una hilera de hayas, entre las cuales circulaban algunos automóviles y bajo cuya sombra se sucedían los toldos de tiendas variopintas.

Al poco rato, la camilla que me transportaba dobló por una callejuela y me condujeron hasta el interior de una casa. Más tarde supe que se trataba de la casa del *kappa* de los quevedos; la casa de Chack, el médico. Chack hizo que me acostaran sobre una cama con sábanas limpias y luego me dio a beber una especie de jarabe transparente. Estirado sobre la cama, quedé a merced de todo lo que Chack me hiciera. La verdad es que me dolían tanto las articulaciones que ni siquiera era capaz de moverme.

Chack venía a hacerme un chequeo dos o tres veces al día, sin falta. Por su parte, el primer *kappa* con el que me había topado, que era pescador y se llamaba Bag, me visitaba más o menos una vez cada tres días. Los *kappa* tienen muchos más conocimientos sobre los seres humanos de los que nosotros podamos tener sobre ellos. Eso quizás se deba a que ellos han capturado a más humanos que nosotros *kappa*. En realidad, no sé si el término «capturar» sea el más apropiado, pero la cuestión es que ha habido, antes que yo, muchos humanos que han visitado el país de los *kappa*. Algunos incluso vivieron allí hasta el final de sus días. Algo que no es difícil de entender, como verán, puesto que por el mero hecho de no ser un *kappa*, sino un humano, allí se tiene el privilegio de poder subsistir sin trabajar. Bag me contó que hubo una vez un joven peón de carreteras que fue a parar al país de los *kappa* por accidente. Una vez allí, tomó por esposa a una hembra *kappa* y vivió con ella hasta su muerte. Por lo visto, aquella *kappa* era la más hermosa del país, además de ser la más ingeniosa a la hora de engañar a su marido.

Apenas una semana desde que llegué, bajo el título de «Residente con Protección Especial», emitido por el organismo que decidía las leyes en ese país, empecé a vivir en la casa contigua a la de Chack. Para ser una casa relativamente pequeña tenía unos acabados muy elegantes, lo que dejaba ver que aquella civilización no se diferenciaba demasiado de la que existía en los países de los humanos, o al menos de la civilización japonesa. En un rincón de la sala de estar, que daba a la calle, había un piano y en la pared colgaba un aguafuerte enmarcado. Ahora bien, como las medidas del interior de la casa, además de mesas y sillas, estaban adaptadas a la estatura de los *kappa*, yo tenía la sensación de que me habían metido en el cuarto de un niño. Ese era el único inconveniente.

Todos los días, al atardecer, recibía en mi cuarto a Chack y a Bag para estudiar con ellos el lenguaje de los *kappa*. Bueno, no solo venían ellos. Al ser yo un «Residente con Protección Especial», todo el mundo sentía curiosidad por mí. Una de las caras habituales que aparecían por mi cuarto era, por ejemplo, Gael, el presidente de una compañía vidriera que todos los días mandaba llamar a Chack expresamente para que le tomara la tensión. Pero de todos ellos, durante mi primera quincena allí, con quien hice más amistad fue con Bag, el pescador.

Un atardecer de bochorno, Bag y yo estábamos sentados frente a frente en la mesa de mi cuarto. De repente, Bag, que no sé qué estaría pensando, se quedó callado, abrió los ojos hasta hacerlos todavía más grandes de lo que ya eran y me miró fijamente. Su reacción me pareció extraña, así que le pregunté: «Quax, Bag, quo quel quan?», que traducido vendría a ser: «Oye, Bag, ¿qué te ocurre?», pero Bag no me contestó. Y no solo no me contestó, sino que se levantó de golpe y, sacándome la lengua burlonamente, hizo ademán de saltar sobre mí como una rana. Aquello me desconcertó. Me alcé de la silla con cautela y me dispuse a plantarme en la puerta de un salto con la intención de salir de allí corriendo. La aparición de Chack, el médico, justo en ese instante, fue providencial.

—¡Eh! ¡Bag! ¿Pero qué haces? —le espetó Chack mientras le dirigía una mirada fulminante desde detrás de los quevedos.

Bag, cohibido, llevándose una y otra vez las manos a la cabeza, se disculpó.

—Lo siento muchísimo, de verdad. Es que se me ha antojado divertido verle cara de disgusto al caballero y me he entusiasmado más de la cuenta con la travesura. Le ruego a usted también, señor, que me perdone.

3

Antes de continuar creo que sería conveniente describir a esos seres conocidos como *kappa*. El *kappa* es un animal de cuya existencia se duda todavía. Sin embargo, puesto que yo mismo he habitado entre ellos, no debería quedar ya espacio para la duda. Se trata de unos animales notablemente parecidos a aquellos que aparecen ilustrados en el *Com-*

pendio sobre los tigres de agua[1], con una mata de pelo corto en la cabeza, y con los dedos de pies y manos palmeados. Miden más o menos un metro de estatura y, según el doctor Chack, su peso varía entre las veinte y treinta libras, aunque me comentó que ocasionalmente aparecía alguno que superaba las cincuenta. En mitad de la cabeza tienen incrustado un plato ovalado que por lo visto se va endureciendo con el paso de los años. De hecho, el plato del viejo Bag y el plato de Chack, que todavía era joven, poseían una textura completamente distinta. Pero seguramente lo más extraño de los *kappa* sea su piel. Estos, a diferencia de los humanos, no tienen un color de piel predeterminado, sino que lo adaptan en función del entorno. Por ejemplo, cuando están entre hierbas, se vuelven verdes como hierbas y cuando están sobre una roca, se vuelven grises como una roca. Obviamente, esta capacidad no es exclusiva de los *kappa*, pues también puede observarse en los camaleones. Es posible que *kappa* y camaleones compartan alguna propiedad similar en el tejido de la piel. Cuando descubrí esta peculiaridad, recordé que en los anales de estudios folclóricos se aseguraba que el *kappa* del oeste era verde, mientras que el del noreste era rojo. Eso explicaba por qué, cuando perseguía a Bag, lo perdí de vista como si se hubiera esfumado de repente.

Bajo la piel, los *kappa* poseen una buena capa de grasa. A pesar de que la temperatura de su país subterráneo es relativamente baja (unos 50° Fahrenheit de promedio), no conocen ropa alguna. Ahora bien, todos llevan siempre algo

---

1 Tōan Koga, *Suiko Kōryaku* (1820). [Todas las notas de la presente antología son del traductor].

encima, ya sean gafas, una pitillera o el monedero. Pero la falta de ropa no supone para ellos ningún inconveniente, puesto que tienen una bolsa en el abdomen, igual que los canguros, donde guardan tales objetos.

Pero lo que a mí me parecía más ridículo es que no se cubrieran ni siquiera sus partes íntimas. Una vez interrogué a Bag sobre el porqué de aquella costumbre. Entonces Bag, doblando el cuerpo hacia atrás, estalló en carcajadas. Por si aquello no bastara, me replicó: «A mí lo que me parece ridículo es que tú te tapes».

4

Poco a poco fui aprendiendo el lenguaje cotidiano de los *kappa*, con lo que me fui adaptando a sus maneras y costumbres. De todas ellas, la más extraña consistía en considerar ridículo todo aquello que nosotros los humanos nos tomamos en serio y viceversa, pues lo que nos resulta a nosotros ridículo ellos lo consideran importante. Se trata de un hábito absurdo. Por ejemplo, nosotros consideramos importantes temas como la justicia o la moral, pero los *kappa*, en cuanto oyen dichas palabras, se tronchan de risa. Es decir, su idea de lo cómico y nuestra idea de lo cómico responden a un estándar completamente distinto. En cierta ocasión, estaba yo hablando con el doctor Chack acerca del control de la natalidad cuando de repente se echó a reír, abriendo el pico tan exageradamente que se le resbalaron los quevedos. Su actitud me pareció irritante, así que lo interrogué para saber qué le parecía tan gracioso. Por aquel entonces yo todavía no comprendía a la perfección la lengua de los *kappa*, así que es posible que se me escapara algún que otro detalle, pero su respuesta venía a ser algo así:

—¿No es acaso ridículo que se piense únicamente en la conveniencia de los padres? Resulta muy egoísta.

Sin embargo, desde el punto de vista de los humanos, no hay nada más ridículo que el nacimiento de un *kappa*. De hecho, poco tiempo después tuve la oportunidad de asistir al parto de la esposa de Bag en su pequeña morada. Los procedimientos del parto son exactamente idénticos a los de un parto humano. Se requiere la asistencia de un médico o de una partera. Pero en cuanto el niño está a punto de nacer, el padre arrima el pico a los genitales de la madre como si se tratara de un teléfono y le dice a voces: «Antes de contestar, medita bien si realmente quieres nacer en este mundo».

Bag, de rodillas, repitió aquellas palabras varias veces. Luego se enjuagó la boca con un líquido desinfectante que había sobre la mesa. Entonces, desde el vientre de la mujer, el niño respondió tímidamente con voz susurrante:

—Yo no quiero nacer. Primero porque no quiero heredar la enfermedad mental de papá. Y segundo porque estoy convencido de que la existencia de los *kappa* es perniciosa.

Al escuchar aquella respuesta embarazosa, Bag reaccionó rascándose la cabeza. La partera allí presente, sin perder más tiempo, introdujo en los genitales de la mujer un grueso tubo de cristal con el que le inyectó una especie de líquido. La mujer dejó escapar al instante un gran suspiro de alivio mientras su enorme barriga se iba desinflando como si fuera un globo que perdiera gas. Obviamente, siendo un bebé *kappa* capaz de dar una respuesta como aquella, se deducirá que los *kappa* son capaces de hablar y caminar desde el mismísimo nacimiento. El mismo Chack me habló acerca de un niño que apenas veintiséis días después de nacer pronunció un discurso sobre la existencia de Dios. No obstante, aquel niño moriría en su segundo mes de vida.

Y ya que he sacado el tema del parto, hablaré de un póster enorme con el que me topé en la esquina de una calle a unos tres meses de mi llegada al país. En la parte inferior del póster se veían representados unos doce o trece *kappa*; algunos blandiendo una espada y otros tocando el clarín[2]. La parte superior estaba llena de letras espirales semejantes a los resortes de un reloj; caligrafía propia de los *kappa*. La traducción de aquellos caracteres espirales es más o menos como sigue. Es posible que haya malinterpretado los matices, pero yo fui anotando en mi cuaderno una a una las palabras que Lap, un *kappa* estudiante que caminaba conmigo, me iba dictando en voz alta.

¡¡Se reclutan voluntarios para el cuerpo hereditario!!
¡¡Hombres y mujeres *kappa* que gozáis de buena salud!!
¡¡Con el fin de erradicar genes defectuosos,
casaos con hombres y mujeres *kappa* faltos de salud!!

---

2 Se juega aquí con las palabras *rappa* (clarín) y *kappa*.

Naturalmente, le comenté a Lap que aquello me parecía inconcebible. Al oírme, todos los *kappa* que estaban cerca del póster, incluyendo el propio Lap, estallaron en carcajadas.

—¿Inconcebible? Pero si usted mismo me ha dicho que los humanos actúan del mismo modo. ¿Por qué cree, si no, que los señoritos de buena familia se enamoran de las sirvientas y las señoritas de los chóferes? Eso es que de forma inconsciente están todos tratando de erradicar los genes defectuosos. Además, en comparación con los cuerpos de voluntarios humanos de los que me hablaba usted, como esos que se matan unos a otros para arrebatarse una línea de ferrocarril... Al lado de esos, ¿no es acaso mucho más refinado nuestro cuerpo de voluntarios?

Mientras Lap decía esto con mucha seriedad, se le formaban ondulaciones en el panzón de contener la risa. Pero yo, lejos de reírme, estaba alterado y trataba de atrapar a otro *kappa*; me di cuenta de que ese *kappa*, pillándome desprevenido, me había birlado la estilográfica. Sin embargo, los humanos no lo tenemos nada fácil para atrapar a uno de esos *kappa* de piel resbaladiza. También este se escabulló viscosamente entre mis manos para darse inmediatamente a la fuga, inclinando hacia delante su cuerpo enclenque como los mosquitos, que parecen estar siempre a punto de caer de bruces.

5

A Lap le debo tanto como a Bag por hacerse cargo de mí. Pero lo que nunca olvidaré es que me presentara a Tock, que era un poeta *kappa* compañero suyo. Llevaba melena, como se estila entre poetas; también entre nosotros los humanos. Yo me presentaba en su casa de vez en cuando para matar el tiempo. Tock pasaba sus días apaciblemente en un pequeño cuarto lleno de macetas con plantas alpinas, escribiendo poemas y fumando tabaco. En un rincón del cuarto, una *kappa* hembra (que no era su esposa, puesto que Tock era partidario del amor libre) estaba siempre cosiendo, cuando no inmersa en otras tareas. Cuando Tock me veía llegar, esbozaba una sonrisa (cabe decir que la sonrisa de un *kappa* no es nada agradable; o al menos a mí me resultaba inquietante, sobre todo al principio) y me decía:

—¡Hombre!, me alegro de que hayas venido. Pero siéntate, siéntate.

Con frecuencia me hablaba sobre los hábitos de los *kappa* o sobre su arte. Opinaba que no había nada más estúpido que la vida de un *kappa* común. Padres e hijos, hermanos o esposos, el único placer de todos ellos era hacerse la vida imposible los unos a los otros. El sistema familiar era, en particular, lo más estúpido de entre todo lo estúpido.

En cierta ocasión, señalando hacia el exterior de la ventana, Tock comentó con desprecio:

—Mira eso. ¡Qué espectáculo tan patético!

Desde la ventana podía verse a un joven *kappa* que caminaba por la calle fatigosamente cargando a hombros a siete u ocho *kappa* más, entre machos y hembras, incluidos quienes parecían ser sus padres. A mí, el espíritu de sacrificio de aquel joven me pareció digno de admiración, así que me deshice en elogios.

—Vaya, veo que tú también cumples los requisitos indispensables para convertirte en un buen ciudadano de este país. ¿Por casualidad no serás socialista?

Obviamente, yo respondí «qua», que en lengua *kappa* significa que sí.

—Así pues, te parecerá bien que se sacrifique a un genio para contentar a cien mediocres.

—¿Pero cuál es, entonces, tu ideología? He oído que sigues los principios anarquistas...

—¿Yo? Yo soy un superhombre (que traducido literalmente sería *superkappa*) —declaró Tock con soberbia.

En temas de arte Tock tenía también una visión muy particular. Era partidario del arte por el arte. El arte no debía de estar al servicio de nada ni de nadie, así que el artista debía ser, por encima de todo, un superhombre, más allá del bien y el mal. En realidad no era esa una opinión exclusiva de Tock. Todos sus amigos poetas estaban más o menos de acuerdo. De hecho, hasta tenían un club llamado «El Club de los Superkappa» al que me llevaba con frecuencia. En el club se reunían poetas, novelistas, dramaturgos, críticos literarios, pintores, músicos, escultores y otros diletantes. Todos *superkappa*. Solían conversar animadamente en un salón bien iluminado por lámparas eléctricas y de vez en cuando alardeaban entre ellos de sus cualidades de superhombre. Cierto escultor, por ejemplo, no perdía ocasión para agarrar a algún que otro joven *kappa* con el que retozar entre las macetas de helechos. Hubo también una hembra novelista que se subió encima de la mesa para demostrar que era capaz de beberse hasta sesenta botellas de absenta.

Aunque tan pronto como se terminó la sexagésima se cayó de la mesa, pasando inmediatamente a mejor vida.

Una magnífica noche de luna, volvíamos Tock y yo del «Club de los *Superkappa*» agarrados del brazo. Tock estaba más desanimado de lo habitual y no soltaba palabra alguna. Al cabo de un rato pasamos frente a una ventana iluminada por la lumbre de un hogar. A través de la ventana vimos a un macho y a una hembra, presuntamente un matrimonio, sentándose a la mesa con sus tres hijos *kappa* para cenar. Tock dejó escapar un suspiro y acto seguido se dirigió a mí:

—Yo me considero un superamador, pero cuando veo escenas familiares como esa, siento mucha envidia.

—Se mire por donde se mire, ¿no te parece eso una contradicción?

Tock permaneció inmóvil con los brazos cruzados bajo la luz de la luna, observando, a través de aquella pequeña ventana, a aquellos cinco *kappa* reunidos apaciblemente alrededor de la cena. Al cabo de un rato, contestó:

—De todos modos, esos huevos fritos de ahí se me antojan más saludables que cualquier relación amorosa.

6

En realidad, las relaciones amorosas entre *kappa* difieren considerablemente de las nuestras. En cuanto una *kappa* hembra está convencida de que ha encontrado a su *kappa* macho ideal, no escatima recursos para atraparlo. Las hembras más francas son las que persiguen a los machos con mayor insistencia. Yo mismo fui testigo de una hembra *kappa* que corría como loca detrás de un macho *kappa*. Pero no queda ahí la cosa. En el caso de las hembras jóvenes, para desdicha de los machos, participan también en la persecución los padres y los hermanos, todos juntos. Por mucho que uno tenga la suerte de no ser atrapado, tras una persecución sin tregua se verá obligado a guardar cama al menos dos o tres meses. Un día estaba yo leyendo un poemario de Tock en mi casa cuando de repente entró corriendo a trompicones Lap, el estudiante. Tras desplomarse sobre el suelo, entre jadeos, exclamó:

—¡Maldición! ¡Al final me han atrapado!

Yo arrojé de golpe el poemario y corrí hasta la puerta para echar el cerrojo. Al mirar por la cerradura, vi a una hembra *kappa* de baja estatura, maquillada con polvo de azufre, merodeando por la entrada. Desde aquel día, Lap permaneció varias semanas tumbado sobre mi cama. Pero lo más grave fue que el pico se le fue pudriendo hasta que se le terminó cayendo del todo.

Ahora bien, no significa esto que no haya machos *kappa* entusiasmados en perseguir a las hembras. Aunque, a decir verdad, si así sucede es porque las hembras, seduciéndolos, obligan a los machos a perseguirlas. He sido igualmente testigo de un macho *kappa* que perseguía a una hembra como un loco. En mitad de la persecución, la hembra se iba parando a propósito cada dos por tres para comprobar que estaba siendo perseguida y hasta se ponía de cuatro patas para provocar. Al final, cuando le convino, fingió estar realmente cansada y se dejó atrapar fácilmente. Fui testigo de cómo aquel macho permaneció un rato estirado en el suelo abrazando a su hembra. Sin embargo, en cuanto se levantó, no sé si sería aquello decepción o arrepentimiento, pero su rostro transmitía una pena indescriptible. Y en su caso aún fue bien la cosa. De entre todas las persecuciones de las que fui testigo, recuerdo a un pequeño *kappa* macho que perseguía a una hembra. Esta, como era de esperar, se daba a la fuga al tiempo que lo iba provocando. Hasta que se toparon con otro *kappa* macho, uno grande, que venía dándose aires de grandeza por la acera de enfrente. La hembra, al verlo venir, se puso a gritar con voz chillona: «¡Socorro! ¡Ayuda! ¡Este *kappa* quiere matarme!».

Al instante, el *kappa* grande agarró al pequeño y, retorciéndole el brazo, lo derribó en mitad de la calle. El pequeño *kappa* hizo ademán de asir el aire dos o tres veces con sus manos palmípedas y en aquella postura terminó muriendo. Para entonces, la hembra, sonriendo burlonamente, se agarraba ya con fuerza al cuello del gigante.

Todos los *kappa* macho que conocí habían sido perseguidos por hembras. Bag, aunque tenía mujer e hijos, no era un caso aparte. De hecho, fue atrapado hasta en dos o tres ocasiones. Al único al que no habían atrapado ni una sola vez era a Mag, el filósofo, que era vecino de Tock, el poeta. En parte debía de ser porque había pocos *kappa* tan feos como Mag. Pero también porque Mag era de los pocos que estaban siempre en casa y apenas se dejaba ver por la calle. Yo lo visitaba de vez en cuando para charlar con él. Me lo encontraba siempre en la penumbra de su cuarto, sentado frente a un escritorio de patas altas, leyendo gruesos libros a la luz de una lámpara de vidrio de siete colores. En cierta ocasión, discutimos sobre el amor entre *kappa*.

—¿Por qué no adopta el Gobierno medidas más estrictas para regular la persecución de los *kappa* macho por parte de las hembras?

—Eso se debe en parte a que hay pocas hembras entre los funcionarios públicos. La cuestión es que las hembras *kappa* son mucho más celosas que los machos. Si se incrementara el número de hembras entre los funcionarios del Gobierno, probablemente los machos podrían vivir sin tener que ser perseguidos como hasta ahora. Sin embargo, tengo mis dudas de que eso sea efectivo, porque fíjese que incluso entre los mismos funcionarios las hembras persiguen a los machos.

—En definitiva, para ser feliz lo mejor es vivir como usted, ¿no?

Al oír eso, Mag se levantó de la silla, sostuvo mis manos entre las suyas y, suspirando, me dijo:

—Usted no es un *kappa* como nosotros, así que es natural que no lo comprenda. Pero tiene que saber que no son pocas las veces en las que incluso a mí me gustaría ser perseguido por una de esas hembras tan terribles.

7

De vez en cuando asistía con Tock, el poeta, a algún concierto. Nunca olvidaré el tercero de los conciertos que escuché. El auditorio no difería en su aspecto de un auditorio japonés. En el patio de butacas, escalonado, trescientos o cuatrocientos *kappa*, entre machos y hembras, escuchaban extasiados; todos y cada uno de ellos con el programa en la mano. Además de Tock y de su hembra, fui acompañado de Mag, el filósofo. Tomamos asiento en la primera fila. Cuando terminó el solo de violonchelo, apareció un *kappa* de ojos inusualmente rasgados que, llevando con negligencia unas partituras bajo el brazo, se plantó sobre lo alto del escenario. Se trataba del famoso Craback, tal y como anunciaba el programa; aunque a mí en realidad no me hizo falta mirar el programa para reconocerlo, puesto que Craback era también miembro del «Club de los *Superkappa*» al que pertenecía Tock, de donde ya lo tenía visto.

«*Lied*: Craback» (también en aquel país el programa solía estar escrito en alemán).

Craback, en mitad de una gran ovación, saludó al público con una ligera reverencia y se acercó al piano silenciosamente. Acto seguido, y con no menos indiferencia, empezó a tocar un *lied* de su propia autoría. En palabras de Tock, el genio de Craback no tenía parangón entre todos los músicos que había visto nacer el país de los *kappa*. Yo sentía mucho interés no solo por su música, sino también por su poesía lírica, la cual Craback escribía como pasatiempo, así que me dejé llevar por el sonido de aquel gran piano de cola. Tock y Mag también estaban extasiados, incluso más que yo. En cambio, nuestra hermosa acompañante *kappa* (al menos hermosa según los estándares de los *kappa*), agarrando con fuerza el programa, se mostraba irritada y hacía burla cada dos por tres con su larga lengua. Según me contó luego Mag, unos diez años antes la hembra había fracasado en su intento por atrapar a Craback, por lo que todavía le guardaba rencor.

Craback, volcando con pasión todo su ser, continuó tocando el piano como si le fuera la vida en ello. De repente, una voz cruzó el interior del auditorio resonando como un trueno: «¡Se suspende la función!». Sobresaltado, me volví en busca de aquella voz cuyo dueño resultó ser, inequívocamente, un policía de corpulencia inaudita que se hallaba sentado en la última fila. Justo cuando me giraba a ver, el policía, tranquilamente sentado y sin perder la compostura, volvió a gritar lo mismo, pero esta vez con más intensidad: «¡Se suspende la función!». Al instante... se armó un gran revuelo en el acto.

«¡Opresión policial!».

«¡Toca, Craback, toca!».

«¡Burro!».

«¡Bestia!».

«¡Largo!».

«¡No cedas!».

En mitad de aquel desvarío de voces, las sillas caían, los programas volaban y, sin saber al final quién tiraba qué, empezaron a llover gaseosas, guijarros e incluso pepinos a medio morder[3]. Yo, pasmado, interrogué a Tock para que me explicara el motivo de todo aquello. Pero Tock estaba fuera de sí; se había puesto de pie sobre la silla, desde donde profería gritos ininterrumpidamente: «¡Toca, Craback, toca!». Incluso la hembra *kappa*, olvidando por un momento su hostilidad hacia Craback, se había sumado a Tock en el griterío:

---

3 En el folclore, el pepino se presupone el alimento predilecto de los *kappa*.

«¡Opresión policial!». Me dirigí entonces a Mag en busca de respuestas:

—¿Qué es lo que pasa?

—¿El qué, esto? En este país es habitual. En principio, la pintura y la literatura...

Mag agachaba la cabeza cada vez que pasaba volando algún objeto y luego, sin perder la calma en ningún momento, proseguía con su explicación.

—La pintura y la literatura, por naturaleza, se expresan de manera más o menos comprensible a ojos de cualquiera, por lo que en este país sería impensable que se prohibiera la venta de libros o una exposición. Sí se prohíben, en cambio, los conciertos. Aunque de todas formas, por mucho que la música sea el único arte capaz de corromper la moral pública con sus melodías, los *kappa* que carecen de oído tampoco es que vayan a enterarse.

—¿Acaso ese policía tiene buen oído?

—Lo dudo mucho. Lo más seguro es que escuchando la melodía le hayan venido a la memoria los latidos del corazón de su esposa mientras dormía junto a ella.

Entretanto, el escándalo iba alcanzando magnitudes extremas. Craback, sin apartarse del piano, se volvía hacia el público con arrogancia. Una arrogancia que no lo libraba de tener que esquivar una y otra vez los objetos que caían sobre él. Eso lo obligaba a cambiar de postura cada dos o tres segundos. Aunque por lo general, como el gran músico que era, mantenía la compostura; sus ojos rasgados desprendían un resplandor imponente. Por mi parte, yo... Obviamente yo también trataba de esquivar el peligro, sirviéndome de Tock como escudo. Pero picado por la curiosidad, seguí conversando apasionadamente con Mag.

—Se trata de una censura un poco exagerada, ¿no?

—¡Cómo! Pero si en comparación con la censura de otros países aquí estamos mucho más avanzados. Mire Japón, por ejemplo. Hace apenas un mes...[4].

Desgraciadamente, justo cuando Mag iba a explicármelo, una botella vacía le atizó de lleno en plena cabeza. Dejó escapar un grito: *quack* (que es simplemente una interjección), y cayó desmayado al instante.

8

Aunque suene extraño, yo sentía un aprecio especial por Gael, el presidente de la compañía vidriera. Gael era el más capitalista entre los capitalistas. Lo más probable es que no hubiera en todo el país ningún otro *kappa* con semejante panza. Sentado cómodamente en su poltrona, flanqueado por su mujer, que tenía cara de lichi, y por sus hijos, que parecían pepinos, era la viva imagen de la felicidad. Yo asistía ocasionalmente a las cenas de los Gael junto a Pep, el juez, y Chack, el médico. Gracias a una carta de recomendación

4 El propio Akutagawa sufrió censura en obras como «Shōgun» (El general), publicada en enero de 1922 en la revista *Kaizō* con multitud de *fuseji*, símbolos como ○ o × que servían para ocupar el lugar de las palabras eliminadas. Más extremo es el caso de una obra cuya autoría no está clara, *Akai boshi no onna* (La mujer del sombrero rojo), obra de contenido pornográfico y supuestamente autobiográfico presentada bajo seudónimo en los anales del grupo de estudios sexuales Sōtai (Relativo), grupo al que pertenecía Akutagawa, por lo que se le atribuye la autoría.

del propio Gael, tuve también la oportunidad de visitar diversas fábricas con las que Gael y algunos de sus amigos estaban, en mayor o menor medida, vinculados. De entre todas ellas, la que me interesó más fue la fábrica de la compañía productora de libros. Accedí a la fábrica acompañado de un joven ingeniero *kappa* que me mostró las enormes máquinas propulsadas por energía hidroeléctrica, y quedé impactado ante los avances de la industria mecánica del país. Por lo visto, allí se producían siete millones de libros al año. Sin embargo, no fue tal cantidad de libros lo que me sorprendió, sino la agilidad con la que se fabricaban. En aquel país, para fabricar libros, no hacía falta más que introducir papel, tinta y un polvo gris en una abertura con forma de embudo. Una vez introducidos dichos materiales en la máquina, en menos de cinco minutos se obtenían infinidad de libros en distintos formatos: cuartos, octavos, dieciseisavos, etc. Mientras observaba aquella cantidad de libros variopintos cayendo en cascada, le pregunté al joven ingeniero *kappa*, que sacaba pecho, en qué consistía aquel polvo ceniciento. El ingeniero, plantado frente al resplandor oscuro que emitía la máquina, me respondió fingiendo indiferencia:

—¿Eso? Eso es la materia gris del asno. Primero se deja secar y luego se pulveriza. Actualmente el precio de la tonelada oscila entre los dos y los tres céntimos.

Como era de suponer, este tipo de milagros industriales no era exclusivo de la compañía productora de libros. Algo similar ocurría en compañías como la productora de cuadros o la productora de música. De hecho, según me comentó Gael, en el país se diseñaban una media de setecientos u ochocientos modelos de máquinas nuevas al mes, por lo que la producción en masa estaba dejando obsoleta toda mano de obra. En consecuencia, el número de obreros despedidos no bajaba de cuarenta o cincuenta mil *kappa* al mes. Lo curioso es que no hallé la palabra «huelga» ni una sola vez en los periódicos de aquel país, a pesar de que los leía todas las mañanas. Me pareció tan extraño que un día, con ocasión de una cena en casa de Gael a la que asistí con Pep y Chack, pregunté sobre el asunto.

—Eso es porque nos los zampamos —comentó Gael con una indiferencia notable mientras se encendía el puro de la sobremesa.

No entendí bien a qué se refería con eso de «nos los zampamos». Chack, que se sentaba a mi lado, percibió mi confusión a través de sus quevedos y me ofreció una explicación.

—Todos esos obreros son sacrificados y su carne es transformada en alimento. Observe, por ejemplo, lo que dice este periódico. Debido al despido este mes de un número total de 64 769 *kappa*, ha bajado el precio de la carne.

—¿Y los obreros se dejan matar sin protestar?

—Por mucho que se alboroten no les queda otra alternativa, puesto que existe una ley que permite la matanza de obreros —expresó con un gesto de amargura Pep, a cuya espalda se elevaba un macetón con un melocotonero silvestre.

Yo me sentí muy incómodo. Sin embargo, tanto Gael, el anfitrión, como Pep y Chack encontraban aquello de lo más natural. Hasta el punto de que Chack, riéndose, se dirigió a mí con tono de burla.

—De este modo el Estado les ahorra a los obreros el trámite de morirse de hambre o de suicidarse. Simplemente les hacen respirar un gas venenoso, por lo que no es un proceso excesivamente doloroso.

—Pero eso de comerse su carne...

—No me haga reír, hombre. Si Mag lo oyera, se partiría de risa. ¿Acaso en su país no obligan a las muchachas pobres a prostituirse? Anda que alterarse por zamparse la carne de los obreros... Es usted un sentimental.

Gael, tras escuchar este intercambio de palabras, me ofreció un plato con sándwiches que tenía a mano sobre la mesa y me dijo con descaro:

—¿No se anima? ¿Por qué no prueba uno? Está hecho de carne de obrero.

Aquello terminó con mi paciencia, faltaría más. Me levanté y salí corriendo de aquella casa, dejando atrás las risas burlonas de Pep y Chack. Era una noche sin estrellas, con un cielo borrascoso apenas vislumbrado sobre los tejados. En medio de la oscuridad, estuve vomitando durante todo el camino de regreso. Un vómito que corría blancuzco entre las sombras.

9

A pesar de todo, Gael, el presidente de la compañía vidriera, era un *kappa* muy amigable, de eso no cabe duda. De vez en cuando lo acompañaba a su club, donde pasábamos veladas muy amenas. En parte porque su club era muchísimo más acogedor que el club de los *superkappa* al que pertenecía Tock. Por otra parte, aunque las conversaciones con Gael no fueran tan profundas como con Mag, el filósofo, estas me descubrieron un mundo completamente nuevo, ampliándome horizontes. Gael, sin dejar de remover el café con su cucharilla de oro macizo, conversaba animadamente de gran variedad de temas.

Una noche de niebla espesa, yo escuchaba a Gael desde detrás de un jarrón con rosas de invierno. Recuerdo que se trataba de una sala decorada con sillas y mesas blancas con bordes dorados, estilo Sezession. Gael, con el rostro desbordado por una sonrisa llena de soberbia, incluso más que de costumbre, estaba hablando sobre el gabinete de gobierno formado por Quorax, el partido que ocupaba por entonces el poder. La palabra Quorax era una mera interjección que a duras penas podría traducirse como «¡Oh!». Se trataba de un partido político que, por encima de todo, abogaba por «el beneficio del conjunto de los *kappa*».

—El partido Quorax está regido por el célebre político Loppe. Creo que fue Bismarck quien dijo que «La honestidad es la mejor diplomacia», pero Loppe aplicó la honestidad incluso en la política doméstica.

—Sin embargo, el discurso de Loppe...

—Bueno, sí, pero escuche lo que le digo. Por supuesto que aquel discurso es una completa farsa. Pero eso ya lo sabe todo el mundo, así que viene a ser lo mismo que ser honesto. Son ustedes, con sus prejuicios, quienes creen necesario tildarlo de mentira. Igual que ustedes, nosotros los *kappa*... En fin, eso no viene ahora a cuento. De lo que yo quiero hablar es de Loppe. Si bien Loppe controla el partido Quorax, a Loppe lo controla Cuicui, el director del periódico

Pou-Fou (esta palabra es también una interjección carente de significado; aunque si se fuerza una traducción, podría ser el equivalente de «¡Ah!»). Obviamente, Cuicui tampoco es dueño de sí mismo. El que controla a Cuicui lo tiene usted delante, un servidor.

—No quisiera ser impertinente, pero *Pou-Fou* es un periódico que apoya la causa obrera, ¿verdad? ¿Qué quiere decir, entonces, con que es usted quien controla al director?

—Por supuesto que los redactores de *Pou-Fou* son partidarios de la clase obrera. Sin embargo, los redactores están controlados por Cuicui, y Cuicui no puede prescindir de mi patronazgo.

Gael continuaba sonriendo mientras manipulaba la cucharilla de oro macizo. Observándolo de aquella guisa, más que odio hacia su persona, se despertaba en mí cierto sentimiento de solidaridad por los redactores de *Pou-fou*. Al quedarme callado, Gael notó enseguida mi cambio de humor e, inflando su gran panza, me dijo:

—Pero no se vaya a creer que todos los redactores de *Pou-Fou* simpatizan con la clase obrera. Al fin y al cabo, nosotros los *kappa* somos seres que miran para sí mismos antes que para los demás... Aunque incluso un servidor, desdichadamente, está subordinado al control ajeno. ¿Quién cree usted que me controla a mí? ¡Pues mi mujer, la hermosa señora Gael! —Gael soltó una carcajada.

—Imagino que eso lo hará feliz.

—Por lo pronto, me siento satisfecho. Pero esto es algo que solo puedo pregonar con franqueza frente a usted, que no es un *kappa*...

—En definitiva, que el gobierno de Quorax está regido por la señora Gael, ¿no?

—Visto de ese modo, podría ser... De lo que sí puede estar seguro es de que la guerra de hace siete años estalló por culpa de una *kappa* hembra.

—¿Guerra? ¿También han tenido guerras en este país?

—Sí, las tuvimos. Y no puede descartarse que las vuelva a haber. Mientras siga habiendo países vecinos...

Fue entonces cuando supe por primera vez que tampoco el país de los *kappa* era una nación aislada. Según me explicó Gael, los *kappa* estaban en permanente enemistad con las nutrias, cuya fuerza militar no tenía nada que envidiar a la de los *kappa*.

Sentí una gran curiosidad por conocer las historias de los *kappa* sobre la guerra contra las nutrias. Sobre todo porque fenómenos como la rivalidad entre *kappa* y nutrias describían una nueva realidad de la que no daba noticia el autor del *Compendio sobre tigres de agua* y que incluso fue ignorada por Yanagita Kunio en su obra *Colección de leyendas de los montes y las islas del Japón*[5].

—Ya antes de que estallara la guerra había tensión entre nuestros países, que se vigilaban el uno al otro muy de cerca. Ambos nos temíamos por igual. Entonces, una de las nutrias radicada en nuestro país visitó a una pareja de *kappa*. Coincidió que la hembra había planeado asesinar al marido; básicamente porque el marido era un libertino, además de que tenía un buen seguro de vida, algo no menos tentador.

—¿Conoce usted a ese matrimonio?

---

5 *Santō Mintan-shū* (1914).

—Sí... Bueno, solo conocí al macho. Mi mujer y sus amigas hablaban de él como si fuera un malhechor... Sin embargo, a mí, más que un malhechor, me parecía un loco con episodios de paranoia persecutoria que temía ser atrapado por las hembras... La cuestión es que la esposa le metió cianuro de potasio en la taza del cacao. Pero se equivocó y se la dio a beber a su invitada, la nutria, quien obviamente falleció. Así que...

—¿Así que estalló la guerra?

—Sí, para mayor desgracia resultó que aquella nutria había sido condecorada.

—¿Y quién se alzó en vencedor de la contienda?

—Va de suyo que ganamos nosotros. No en vano 3 169 500 *kappa* sacrificaron honorablemente su vida. Aunque eso no es nada comparado con las bajas del enemigo. De hecho, la mayoría de las pieles que se usan en nuestro país son pieles de nutria. En mi caso, durante la guerra, no solo fabricaba vidrio, sino que también enviaba escoria de carbón al campo de batalla.

—¿Y qué hacían con esa escoria?

—Servía, naturalmente, de alimento. Nosotros los *kappa*, cuando tenemos el estómago vacío, somos capaces de comer cualquier cosa.

—No se enfade, pero darles eso a los *kappa* que están en el frente... Eso, en mi país, sería un escándalo.

—También en este país es un escándalo, sin duda. Pero si uno mismo lo confiesa antes, nadie va a montar un escándalo por ello. Ya lo dice Mag, el filósofo: «Sobre tu maldad, habla tú mismo. La maldad se extinguirá por sí sola». Además, a mí, aparte de los beneficios, me movía el ardor patriótico.

En ese instante apareció el mozo del club. Le hizo una reverencia a Gael y después le habló como si recitara en voz alta.

—Se ha producido un incendio junto a su casa.

—¿Un in... un incendio?

Asustado, Gael se levantó de golpe. Yo hice lo propio. Pero el mozo, sin perder la calma, agregó:

—Pero ya ha sido extinguido.

A Gael, mientras despedía al mozo con la mirada, se le había quedado una expresión a medias entre el llanto y la risa. Entonces, al fijarme en su rostro, me percaté de que en realidad yo odiaba a aquel tipo, el presidente de la compañía vidriera. Pero no porque lo viera como un gran capitalista ni nada por el estilo, sino porque se presentaba ante mis ojos como un vulgar *kappa* del montón. Agarré las rosas de invierno del jarrón y se las coloqué en la mano.

—Aunque hayan extinguido el incendio, seguro que su mujer está todavía en estado de *shock*. Llévele este ramo.

—Gracias.

Gael me estrechó la mano. Luego sonrió burlonamente y, por lo bajinis, me dijo:

—La casa de al lado es de mi propiedad, así que seguro que me compensan con el dinero del seguro contra incendios.

Recuerdo todavía claramente la sonrisa de Gael como si fuera hoy... Una sonrisa por la que fui incapaz de sentir desprecio o aversión.

10

—¿Qué te ocurre? ¿Hoy también estás deprimido? —le pregunté a Lap, el estudiante, que estaba sentado en una silla de mi cuarto mientras yo me fumaba un cigarrillo de liar.

Fue al día siguiente del incendio. Lap, con las piernas cruzadas, la izquierda sobre la derecha, contemplaba absorto el suelo, en una postura que apenas me permitía verle el pico podrido.

—Lap, ¿me vas a decir qué te pasa?

—No, nada, no tiene importancia... —levantó al fin la cabeza, respondiendo con tristeza y voz gangosa—. Es que hoy estaba mirando por la ventana cuando distraídamente he susurrado: «¡Oh! Ha florecido la violeta atrapamoscas[6]». Al oírme, a mi hermana pequeña le cambió el color del rostro y replicó: «Sí, soy una violeta atrapamoscas, ¿y qué?»... Para colmo, mi madre me reprendió porque mi hermanita es su preferida.

—¿Pero por qué le molestó a tu hermana eso de que la violeta atrapamoscas florece?

—No sé, quizás se lo tomó en el sentido de «atrapar a un macho *kappa*».

»La cosa empeoró cuando una tía mía, que se lleva fatal con mi madre, intercedió por mí y se pusieron a discutir. A todo esto, cuando mi padre, que se pasa todo el año borracho, escuchó que discutían, empezó a repartir puñetazos a diestro y siniestro. Por si fuera poco, no se había resuelto todavía aquel jaleo, cuando a mi hermano pequeño

6 *Pinguicula vulgaris*, planta insectívora.

no se le ocurrió otra cosa más que robarle el monedero a mi madre para irse derechito al cine. De verdad que yo no puedo más...

Lap hundió el rostro entre sus manos y, sin añadir palabra, se echó a llorar. Sentí pena de él. Entonces recordé el desprecio que sentía Tock, el poeta, por el sistema familiar. Le di a Lap unas palmaditas en el hombro y traté de consolarlo como pude.

—Eso pasa hasta en las mejores familias. Anímate.

—Pero... Si al menos no tuviera el pico podrido...

—Eso ya no tiene solución. Por lo pronto, ¿qué tal si nos acercamos a la casa de Tock?

—Tock me desprecia; yo no soy capaz, como él, de abandonar a la familia, no me atrevo.

—Vayamos entonces a casa de Craback.

Desde el día del concierto había entablado amistad con Craback, así que por lo pronto decidí llevar a Lap a la casa del gran compositor. Craback vivía con mucha más holgura que Tock. Ahora bien, eso no significaba que Craback viviera del mismo modo que un gran capitalista como Gael. Eso sí, acumulaba un montón de antigüedades: estatuillas de Tanagra, cerámicas de Persia y un diván de estilo turco sobre el que había un retrato del propio Craback y bajo el cual solía jugar con sus hijos. Pero ese día, por alguna razón, permanecía sentado, cruzado de brazos y con expresión amarga. A sus pies se extendía una alfombra de papeles sueltos. Se supone que Lap, acompañado de Tock, el poeta, visitaba a Craback con frecuencia, pero al verlo sentado de aquella guisa, actuó con cautela; le dirigió una reverencia muy respetuosa y, sin mediar palabra alguna, tomó asiento en un rincón de la sala.

—Craback, ¿qué le ocurre? —le pregunté al gran músico de golpe, ahorrándome el saludo.

—¿Que qué me ocurre? ¡Esos críticos imbéciles! Que dicen que mi lírica no le llega a la de Tock ni a la suela del zapato.

—Pero es que usted es músico...

—Si se tratara solo de eso, pues aún. ¿Pero acaso no dicen los insensatos que en comparación con Lock ni siquiera merezco el apelativo de músico?

Lock era un músico a quien solían comparar con Craback. Lamentablemente, yo no había tenido la oportunidad de hablar con él, puesto que no era miembro del «Club de los *Superkappa*»; aunque sí había visto su rostro en fotografía; un rostro muy peculiar con el pico combado.

—Lock es también un genio, de eso no cabe duda. Pero su música carece de ese ardor moderno del que goza usted.

—¿Realmente opina usted eso?

—Por supuesto.

Craback se levantó bruscamente, agarró una estatuilla de Tanagra y empezó a golpearla contra el suelo. Lap, sobresaltado, dejó escapar un grito y se dispuso a salir huyendo.

Pero Craback nos dirigió una señal con la mano dándonos a entender que no era necesario alterarse y luego continuó hablando con frialdad.

—Lo que pasa es que usted tiene un oído tan pésimo como cualquiera de esos mediocres. Yo, a Lock, lo temo...

—¿Usted a Lock? No sea modesto...

—¿Por qué iba yo a fingir modestia? Si tuviera yo necesidad de darme aires de modesto, lo haría frente a los críticos, no ante ustedes. Yo, Craback, soy un genio. No es eso lo que temo de Lock.

—En ese caso, ¿qué es lo que teme usted de Lock?

—Ese algo inefable... Por decirlo de alguna manera, la estrella bajo la que nació Lock.

—Lo siento, pero no acabo de entenderlo.

—A ver si me explico. Lock no está influido por mi música. Sin embargo, yo, en algún momento, me he dejado influir por la suya sin ser consciente de ello.

—Eso se debe a que es usted sensible y receptivo...

—No, escúcheme bien. No es una cuestión de sensibilidad. Lock tiene una gran confianza en sí mismo y termina realizando lo que solo él es capaz de hacer. Yo, en cambio, me altero con mucha facilidad. A ojos de Lock, esa diferencia puede parecer un mero paso. Pero para mí supone una diferencia de diez millas.

—Pero, maestro, sus marchas heroicas...

Craback frunció el ceño, estrechando los ojos más de lo que ya los tenía, y clavó la mirada en Lap con irritación.

—¡Cállate! ¡Qué sabrás tú! Conozco muy bien a Lock. Lo conozco mejor que cualquiera de esos perros que se postran ante él.

—Bueno, bueno, cálmese.

—Como si pudiera calmarme... Lo que yo creo es que un ente del que desconocemos su existencia ha colocado a Lock frente a mí para burlarse. De todo eso está muy bien enterado Mag, el filósofo, aunque se pase el día leyendo libros viejos bajo aquella lámpara de vidrios coloreados.

—¿Y eso por qué?

—No tiene más que leer el último de sus libros, *Palabras de un idiota.*

Craback me entregó un ejemplar del libro... O más bien me lo arrojó a la cara. Luego, volviéndose a cruzar de brazos, espetó:

—Bueno, ya está bien por hoy.

Salí a la calle de nuevo acompañado de Lap, que seguía con la moral por los suelos. A la sombra de las hayas, la calle estaba atestada de gente alineándose como de costumbre frente a los negocios. Nosotros, ajenos a nuestro entorno, avanzábamos en silencio. Hasta que nos cruzamos con Tock, el poeta de la melena. Al reconocernos, se sacó un pañuelo de su bolsa abdominal y se enjugó la frente nerviosamente.

—¡Oh! ¡Cuánto tiempo! Me dirigía a ver a Craback, que hace mucho que no lo veo...

A mí me sabía mal que aquellos dos artistas terminaran peleándose, así que le di a entender a Tock con eufemismos que Craback no estaba de muy buen humor.

—Ya veo. Desisto entonces porque Craback es neurasténico, no vaya a ser que... De todas formas, tampoco me encuentro yo en mi mejor momento; llevo dos o tres semanas sin dormir.

—¿Por qué no paseas con nosotros?

—No, gracias. Hoy mejor lo dejo estar. ¡Ah! —Tock pegó un grito de repente y se agarró a mi brazo con fuerza. Su cuerpo se cubrió de un sudor frío.

—¿Qué te pasa?

—¿Qué tienes?

—Me ha parecido ver un mono verde sacando la cabeza por la ventanilla de aquel automóvil.

La reacción de Tock me dejó preocupado, así que le recomendé que fuera a ver a Chack, el médico, para que le hiciera un chequeo. Pero Tock no parecía entender lo que le estaba diciendo. Nos miraba a Lap y a mí alternativamente con suspicacia.

—Que conste que yo no soy anarquista. Y sobre todo que no se os olvide... Adiós muy buenas. Yo de Chack no quiero saber nada.

Nos quedamos allí parados como bobos observando como Tock se alejaba. Nosotros... no... «Nosotros» no... Lap, el estudiante, se había plantado en mitad de la calle a horcajadas y, con la cabeza del revés metida entre las piernas, espiaba el incesante ir y venir de vehículos y transeúntes. Pensé que también este *kappa* se había vuelto loco y, sin salir de mi estupefacción, traté de que entrara en razón.

—¿Pero qué haces? ¿Estás de broma o qué?

Lap, frotándose los ojos, me respondió con una serenidad que no esperaba.

—No, no. Es que me siento tan deprimido que se me ha ocurrido mirar el mundo del revés, a ver así qué tal. Pero nada, todo sigue exactamente igual.

II

He aquí algunos fragmentos incluidos en *Palabras de un idiota*, obra escrita por Mag, el filósofo.

El idiota cree que todos son idiotas menos él.

Puede decirse que amamos la naturaleza para que esta no nos odie ni nos tenga envidia.

La manera más sabia de vivir es desdeñando los hábitos de una época, sin romper en lo más mínimo con dichos hábitos.

De lo que estamos más orgullosos es precisamente de aquello que no poseemos.

Nadie se opone a la destrucción de los ídolos. Al mismo tiempo, nadie tiene ninguna objeción a la hora de ser idolatrado. Pero los únicos que pueden acomodarse sobre el pedestal de los ídolos son aquellos que reciben en mayor grado el favor de los dioses: idiotas, malhechores y héroes.

(En este pasaje Craback había dejado la marca de una uña).

Todo pensamiento necesario para nuestra vida quedó posiblemente agotado hace tres mil años. Nosotros no hacemos más que prender nuevos fuegos con leña vieja.

Nuestras propiedades trascienden a nuestra conciencia.

¿Y si la felicidad conlleva sufrimiento y la paz trae consigo fatiga?

Es más difícil defenderse a uno mismo que defender a los demás. El que dude de ello, que se fije si no en los abogados.

El orgullo, el deseo, la duda... Todos los pecados de los últimos tres mil años derivan de estos tres. Es posible, además, que también de ellos deriven las virtudes.

La reducción de los deseos materiales no conlleva necesariamente la paz interior. Para alcanzar esa paz, es necesario también reducir los deseos espirituales.

(También en este pasaje había dejado Craback la marca de una uña).

Nosotros somos más desdichados que los humanos. Los humanos no están tan evolucionados como los *kappa*.

(Cuando leí este pasaje me eché a reír).

Hacer significa poder hacer y poder hacer significa hacer. Después de todo, nuestra vida no puede escapar de ese razonamiento circular. En otras palabras, nuestra vida está atravesada de principio a fin por lo irracional.

Baudelaire, después de volverse un imbécil, resumió toda su filosofía de vida en una sola palabra: vagina. Pero eso no basta para definirlo a él. Lo define más bien el hecho de que olvidara la palabra estómago en virtud de la fe que puso en su genio; ese genio poético que le permitió mantenerse a flote en su día a día.

(Aquí también dejó Craback la marca de una uña).

Si actuáramos estrictamente en consecuencia con la razón, nos veríamos irremediablemente obligados a negar nuestra propia existencia. Que Voltaire viviera una vida plena hasta el final después de divinizar a la Razón, no es más que una muestra de que los humanos no están tan evolucionados como los *kappa*.

12

Era una tarde más bien fría. Cansado de leer *Palabras de un idiota*, decidí salir para hacerle una visita a Mag, el filósofo. En la esquina de una calle solitaria, vi a un *kappa* chupado como un mosquito que se recostaba ocioso sobre la pared. Lo reconocí. Era el *kappa* que me había robado la pluma estilográfica. Al fin lo tenía, pensé, así que llamé a un policía corpulento que justo pasaba por allí.

—Se lo ruego, interrogue a ese *kappa*. Hace justo un mes que me robó la estilográfica.

El policía agitó la vara en el aire (en este país los policías llevan varas de madera de tejo en vez de sables) y llamó a aquel *kappa*.

—¡Oiga, usted!

Temí que intentara escapar. No obstante, se acercó al oficial con absoluta tranquilidad. No solo eso, sino que venía cruzado de brazos y mirándonos, al oficial y a mí, con insolencia. A pesar de todo, el oficial no se enojó. Extrajo un cuaderno de notas de su bolsa abdominal y se dispuso a interrogar al sospechoso.

—Nombre.

—Gruck.

—Profesión.

—Hasta hace dos o tres días, cartero.

—Bien. El señor aquí presente asegura que le robó usted una pluma estilográfica.

—Sí, se la robé hace aproximadamente un mes.

—¿Con qué finalidad?

—Pensé en dársela a mi hijo como juguete.

—¿Dónde está su hijo?

El policía, por primera vez en toda la conversación, le dirigió a aquel *kappa* una mirada penetrante.

—Murió hace una semana.

—¿Tiene usted un certificado de defunción?

El delgaducho *kappa* extrajo un papel de su bolsa abdominal. Tras echarle un vistazo, el policía sonrió y le dio unas palmaditas en la espalda.

—Bueno, puede usted marcharse.

Me quedé observando fijamente a la cara del policía. Mientras tanto, el *kappa* chupado nos dio la espalda y se alejó refunfuñando.

—¿Por qué no lo arresta?

—Ese *kappa* es inocente.

—Pero si me robó la estilográfica...

—Con la intención de regalársela a su hijo para que jugara con ella. Por desgracia, su hijo ha fallecido. Si le queda alguna duda, por favor, consulte el artículo 1285 del Código Penal.

Eso dijo el policía antes de desaparecer. No tenía más remedio que comprobarlo, así que aceleré el paso de camino a casa de Mag mientras repetía para mí mismo: «artículo 1285 del Código Penal».

A Mag, el filósofo, le encantaba tener visitas. Coincidió que aquel día estaban reunidos en la penumbra de su cuarto Pep, el juez, Chack, el médico, y Gael, el presidente de la compañía vidriera. El humo del tabaco se elevaba a la luz de la lámpara de vidrio de siete colores. Fue una suerte para mí que estuviera entre ellos Pep, el juez, así no tendría que buscar yo mismo el artículo 1285 del Código Penal. Apenas tomé asiento, le pregunté.

—Pep, disculpe usted que le pregunte así de sopetón, ¿pero en este país no se castiga a los criminales?

Pep, expulsando con parsimonia una bocanada de humo de su cigarrillo con boquilla dorada, me respondió con indiferencia.

—Por supuesto que se los castiga. Tenemos incluso pena de muerte.

—Pues a mí, hace apenas un mes...

Tras explicarle los detalles de mi historia, le pregunté sobre el artículo 1285 del Código Penal.

—Sí, el artículo dice así: «Sea cual fuere el crimen cometido, si las circunstancias que llevaron al criminal a cometer el crimen han dejado de existir, este no podrá ser castigado». Así, en su caso, debido a que el *kappa* era padre, pero ya no lo es, el crimen deja de tener validez de forma automática.

—Eso no tiene ninguna lógica.

—No se altere. Lo que no tiene lógica es tratar por igual a un *kappa* que fue padre y a uno que es padre. Si no me equivoco, según la ley japonesa ambos son tratados por igual, ¿verdad? Eso sí que es chistoso. Jujujuju...

Pep esbozó una sonrisita de suficiencia muy poco entusiasta mientras apuraba su cigarrillo. Entonces Chack, a quien el tema de las leyes le quedaba muy lejos, tomó la palabra. Se ajustó los quevedos y me preguntó:

—¿En Japón hay pena de muerte?

—Sin duda alguna. En Japón se utiliza la horca.

Me sentía molesto con la actitud de indiferencia que había mostrado Pep, así que aproveché la ocasión para ponerme irónico.

—También en ese aspecto este país es más civilizado que Japón, ¿verdad?

—Naturalmente. Mucho más civilizado.

Aun así, Pep seguía sin alterarse.

—En nuestro país no se practica el ahorcamiento. Sí se utiliza, en cambio, la electricidad, pero solo en raras ocasiones. Por lo general, simplemente se promulga el nombre del criminal.

—¿Y eso basta para que muera un *kappa*?

—Ciertamente. Nuestro sistema nervioso es mucho más delicado que el de ustedes los humanos.

—Y no es un método que se utilice exclusivamente en la pena de muerte. También se utiliza para asesinar.

Gael, el presidente, con el rostro teñido de violeta bajo el efecto de la luz coloreada, esbozó una sonrisa afable.

—Hace poco, un socialista me dijo que yo era un ladrón y casi me da un ataque cardiaco.

—Sucede con más frecuencia de lo que parece. Yo conocía a un abogado que se murió así.

Dirigí la mirada en dirección al *kappa* que había pronunciado aquellas palabras: Mag, el filósofo. Con su característica sonrisa sardónica hablaba sin mirar a nadie en concreto.

—A ese *kappa* alguien lo tildó de rana. Como bien sabréis, llamar a alguien rana equivale a desprenderlo de toda humanidad... ¿Yo una rana? ¿Seré en realidad una rana? Así se pasaba los días, cuestionándose su propia esencia, hasta que al fin murió.

—En definitiva, que se suicidó, ¿no?

—La cuestión es que el *kappa* que lo llamó rana tenía intención de asesinarlo. Pero sí, desde vuestro punto de vista eso se consideraría suicidio...

Estaba Mag hablando cuando de repente, desde el otro lado de la pared, en la casa de Tock, el poeta, llegó el sonido de un disparo que retumbó por todo el cuarto.

13

Salimos disparados hacia la casa de Tock. Nos lo encontramos tirado boca arriba dentro de una maceta de plantas alpinas. Agarraba la pistola con la mano derecha y la sangre brotaba del plato de su cabeza. Junto a él, la *kappa* hembra hundía el rostro en su pecho y lloraba desconsolada. Abracé a la *kappa* hembra para levantarla del suelo (la verdad es que no me gusta nada tocar la piel pringosa de los *kappa*) y le pregunté por lo sucedido.

—¿Qué ha ocurrido?

—No lo sé, no sé qué ha pasado. Estaba escribiendo y de repente se ha pegado un tiro en la cabeza. ¡Ay! ¿Qué va a ser de mí ahora? Qur-r-r-r, qur-r-r-r (ese era el sonido de un *kappa* sollozando).

—Eso le pasa por ser tan egoísta —le comentó Gael, el presidente de la compañía vidriera, a Pep, el juez, mientras meneaba la cabeza en gesto de desaprobación.

Pep, sin mediar palabra, se limitó a encender su cigarrillo con boquilla dorada. Chack, agachado para inspeccionar la herida y con la dignidad de un médico, tal y como le correspondía, nos comunicó enseguida el estado de Tock a las cinco personas allí presentes (en realidad una persona y cuatro *kappa*).

—No hay nada que hacer. Tock sufría de problemas estomacales, de ahí que se deprimiera con facilidad.

—Pero estaba escribiendo algo —dejó escapar Mag, el filósofo, de forma apenas audible, como si tratara de encontrar una justificación al tiempo que tomaba un papel de encima de la mesa. Los demás alargamos el cuello (en realidad yo fui la excepción) para espiar por encima de los anchos hombros de Mag y leer lo que ponía.

Alcémonos, ya es hora de partir. Hacia el
abismo que separa ambos mundos.
Hacia el abismo de rocas escarpadas y manantiales cristalinos
donde se percibe el aroma de hierbas y flores medicinales.

Mag se volvió hacia nosotros con una leve sonrisa cargada de ironía.

—Eso es un plagio de la «Balada de Mignon» de Goethe. Así que se habrá suicidado en parte porque su poesía estaba agotada.

En aquel instante, pasaba casualmente por allí Craback, el músico, en su automóvil. Viendo aquella escena se detuvo y se quedó parado un rato frente al umbral de la puerta. Después se acercó hasta nosotros y se dirigió a Mag como si estuviera enfadado con él.

—¿Es ese el testamento de Tock?

—No, es su poema póstumo.

—¿Un poema?

Mag, sin alterarse lo más mínimo, le entregó el poema manuscrito a Craback, que llevaba el cabello desgreñado. Craback se volcó con pasión en la lectura del manuscrito, ignorando todo lo demás a su alrededor. Ni siquiera hacía caso de las preguntas de Mag.

—¿Qué opina usted sobre la muerte de Tock?

—*Alcémonos, ya es hora de partir*... También yo puedo morir en cualquier momento... *Hacia el abismo que separa ambos mundos.*

—Usted era íntimo amigo de Tock, ¿verdad?

—¿Íntimo amigo? Tock era un alma solitaria... *Hacia el abismo que separa ambos mundos*... Pobre desdichado... *Hacia el abismo de rocas escarpadas*...

—¿Desdichado?

—*Y manantiales cristalinos*... Ustedes son dichosos... *Hacia el abismo de rocas escarpadas*...

La *kappa* hembra no dejaba de llorar. Sentí mucha pena por ella. Apoyé con delicadeza mis manos sobre sus hombros y la acompañé hasta el diván, en un rincón del cuarto. Allí me encontré a un *kappa* de dos o tres años que sonreía sin comprender nada. La hembra era incapaz de atenderlo, así que fui yo quien lo arrulló. Aquella fue la primera y la última vez que lloré durante mi estancia en el país de los *kappa*.

—Qué familia tan desdichada. Haber tenido que convivir con un *kappa* tan egoísta...

—Sí, con alguien que no pensaba en las consecuencias —replicó Pep, el juez, en respuesta a Gael, el capitalista, mientras encendía de nuevo uno de sus cigarrillos.

Entonces Craback, el músico, gritó, dejándonos perplejos.

—¡Lo tengo! ¡Voy a componer un réquiem extraordinario!

Con sus estrechos ojos centelleantes, Craback le estrechó ligeramente la mano a Mag y salió volando en dirección a la puerta. Para entonces, se había acumulado frente a la casa de Tock una multitud de *kappa* que se asomaban curiosos al interior del cuarto. Craback se abrió paso a empujones entre la multitud y se metió de un salto en su automóvil, cuyo motor rugió unos segundos antes de desaparecer.

—Venga, venga. Aquí no hay nada que ver.

Pep, el juez, asumiendo el papel de policía, expulsó a la multitud de *kappa* y cerró la puerta tras ellos. El interior del cuarto quedó en calma. Inmersos en aquel silencio, en el que el olor de la sangre de Tock se mezclaba con el aroma de las plantas alpinas, discutíamos la manera de terminar con aquel asunto. Todos menos Mag, el filósofo, que inmerso en la contemplación del cadáver de Tock parecía atrapado en sus propios pensamientos.

—La vida de los *kappa*...

—¿Qué pasa con la vida de los *kappa*?

—Al fin y al cabo, a nosotros los *kappa*, para darle sentido a nuestra vida...

Mag prosiguió con una voz apenas perceptible, como si sintiera vergüenza.

—... no nos queda más opción que creer en la potencia de un ser superior.

14

Las palabras de Mag me hicieron pensar en la religión. Siendo como soy un materialista empedernido, nunca había reflexionado seriamente sobre la religión. Pero la muerte de Tock me conmocionó tanto que no podía dejar de preguntarme cuáles eran las creencias de los *kappa*. Enseguida interrogué a Lap, el estudiante, sobre la cuestión.

—Se practica el cristianismo, el budismo, el islamismo, el zoroastrismo... Pero de todos los cultos, el más extendido es posiblemente el «culto moderno», también conocido como «culto vital».

(Es posible que «culto moderno» no sea una traducción acertada. La palabra original es *Quemoocha*. *Cha* equivaldría al sufijo *-ismo*. El infinitivo de *quemoo* es *quemal* y, más que «vivir», significaría «comer, beber alcohol y mantener relaciones sexuales»)[7].

—¿Significa entonces que en este país también hay iglesias y templos?

---

7 No he podido corroborar el significado que el narrador les da a estos términos, debido a que la lengua actual de los *kappa* ha evolucionado considerablemente y no se conservan fuentes escritas fiables de la época. Podría entenderse como una parodia del modernismo y el vitalismo.

—Faltaría más. El Gran Templo del culto moderno es la obra arquitectónica más monumental del país. ¿Qué tal una visita?

Así fue como una tarde nublada y templada Lap me condujo con aire triunfal hasta el Gran Templo. Se trataba de una construcción diez veces más grande que la iglesia de San Nicolás en Tokio, construida con un eclecticismo extremo que reunía todos los estilos en uno. Cuando me paré frente al Gran Templo y observé sus altas torres y su cúpula, me estremecí. Las torres, innumerables, se elevaban hacia el cielo como tentáculos. De pie frente a la puerta de acceso (¡y qué pequeños se nos veía comparados con la entrada!), permanecimos un rato con la mirada alzada hacia lo alto de aquel edificio inquietante que más que un templo parecía un monstruo desafiando a la razón. El interior del Gran Templo también era gigantesco. Entre las columnas de estilo corintio caminaban algunos visitantes que se veían tan minúsculos como nosotros. Al rato, nos topamos con un *kappa* que tenía la espalda encorvada. Lap, dedicándole una ligera reverencia, se dirigió a él con mucho respeto.

—Patriarca, me alegra ver que goza de buena salud.

El otro *kappa* devolvió el saludo y contestó igualmente con cortesía.

—¡Pero si es Lap! Veo que tú también... —Interrumpió sus palabras al percatarse de que el pico de Lap estaba podrido—. Bueno, veo que te mantienes en forma. ¿Qué te trae por estos lares?

—Vine acompañando a este caballero. Como posiblemente usted ya sabrá, este caballero...

Lap habló distendidamente sobre mí. Por lo visto, también se dedicó a dar excusas de por qué apenas se había dejado ver por el Gran Templo.

—Por eso le agradecería que le hiciera usted de cicerone.

El anciano esbozó una enorme sonrisa, me dirigió un saludo y, sin decir nada, me señaló con el dedo el altar frontal.

—La verdad es que no hay mucho que explicar. Los creyentes adoramos «el árbol de la vida», que está situado en el altar frontal. «El árbol de la vida», tal y como puede observar, tiene un fruto dorado y un fruto verde. El fruto dorado es «el fruto del bien», mientras que el verde es «el fruto del mal».

La explicación empezaba a aburrirme. Las preciadas palabras del anciano me sonaban a cantinela antigua y resabida. Obviamente, disimulé con todas mis fuerzas para hacer ver que escuchaba, lo que no me impedía echar de vez en cuando una mirada de reojo por el interior del Gran Templo. Columnas corintias, bóvedas góticas, suelo de aire arábigo con suelo ajedrezado, reclinatorios imitando el estilo Sezession... La armonía creada por todos aquellos elementos establecía una belleza extraña y salvaje. Con todo, lo que me llamó más la atención fueron los bustos de mármol en el interior de los nichos en las alas laterales. Aquellas estatuas me parecían familiares. Y enseguida descubriría por qué. Aquel *kappa* encorvado, tras finalizar su explicación sobre «el árbol de la vida», nos condujo hasta uno de esos nichos en el ala derecha del templo y añadió la explicación pertinente acerca del busto que se encontraba en su interior.

—Este es uno de nuestros santos. Es Strindberg, un santo que se rebeló contra todo. Se cuenta que después de pasar un sinfín de penitencias encontró la salvación en la filosofía de Swedenborg. Aunque en realidad no se salvó. Creía en el culto vital, igual que nosotros. O mejor dicho, no tenía más remedio que creer en él. Lea usted, si no, *Leyenda*, el libro póstumo que nos dejó el santo. En él confiesa su intento de suicidarse.

Aquello me tocó un poco la moral y desvié la mirada hacia el siguiente nicho. En el siguiente nicho se encontraba el busto de un alemán panzudo y barbudo.

—Este es Nietzsche, el poeta de Zaratustra. Este santo buscó la salvación a través del superhombre, que él mismo había creado. No solo no se salvó, sino que además terminó volviéndose loco. Lo más probable es que si no se hubiera vuelto loco, no habría entrado a formar parte de nuestro panteón.

Tras guardar un momento de silencio, el anciano nos condujo hacia el tercer nicho.

—En el tercer nicho podemos ver a Tolstói. Este santo sufrió más que ningún otro. Eso se debió sobre todo a que siendo de origen aristócrata detestaba mostrar abiertamente su sufrimiento al gran público, que está siempre lleno de chismosos. Se trata de un santo que hizo esfuerzos por creer en Cristo, en quien realmente no creía. En cierta ocasión declaró que era creyente, pero en sus últimos años de vida no pudo soportar seguir mintiendo de aquella forma tan descarada. Es célebre el temor que sentía a veces el santo al contemplar las vigas de su estudio, pero obviamente no cometió suicidio, porque si no, no estaría incluido entre los santos.

El busto en el interior del cuarto nicho era un japonés. Al ver su rostro sentí nostalgia.

—Este es Kunikida Doppo. Fue un poeta que entendió muy bien los sentimientos de los peones que morían arrollados bajo las ruedas de un tren. Imagino que no será necesario que le explique a usted más. Veamos, pues, el quinto de los nichos.

—¿Es este Wagner?

—Correcto. Un revolucionario partidario de la monarquía. El santo Wagner, en sus últimos años, incluso practicaba la oración antes de las comidas. Aunque obviamente era, más que cristiano, creyente del culto vital. Según las cartas que nos legó, las constantes penurias que padecía lo arrastraron en más de una ocasión al encuentro con la muerte.

Estábamos ya parados frente al sexto de los nichos.

—Este de aquí es un buen amigo del santo Strindberg. Se trata de un pintor francés reconvertido en comerciante que abandonó a su esposa junto a un buen puñado de hijos para casarse con una mujer tahitiana de trece o catorce años. Por las gruesas venas de este santo corría la sangre de un hombre de mar. Aunque fíjese en los labios. Quedan restos de arsénico o algo parecido. En cuanto al contenido del séptimo nicho... Pero seguramente estará usted cansado. Sígame usted por aquí.

Yo estaba, ciertamente, exhausto. Lap y yo seguimos al anciano a través de un pasillo que olía a incienso y nos metimos en una habitación. Era un cuarto pequeño. En un rincón había una estatua de una Venus negra, a cuyos pies se había depositado un racimo de uvas. Me había imaginado la celda sin adornos de un monje, así que me sorprendió. El anciano debió de percibir mi malestar, porque antes de ofrecernos asiento, nos brindó una explicación con la que en parte parecía disculparse.

—No olvide usted que nuestra religión es el culto vital. La enseñanza de nuestro dios, «el árbol de la vida», dice: «Vivid con la máxima intensidad»... Lap, ¿no le has mostrado aún a nuestro invitado una de nuestras biblias?

—No... La verdad es que yo tampoco la he leído entera —respondió Lap con honestidad mientras se rascaba el plato de la cabeza.

El anciano, sin perder en ningún momento la sonrisa, continuó calmadamente con su historia.

—Preste atención, entonces. Nuestro dios creó el mundo en un solo día. (Que «el árbol de la vida» sea un árbol no significa que no tenga potencia creadora). Después creó a la hembra *kappa*. Pero esta se aburría tanto que imploró tener un macho *kappa*. Nuestro dios se apiadó de su lamento, arrancó el cerebro de la hembra y con él creó al macho. Después los bendijo a ambos con el siguiente mandamiento: «Comed, mantened relaciones sexuales y vivid con la máxima intensidad».

A medida que el anciano hablaba, sus palabras me hicieron recordar a Tock, el poeta. El poeta Tock, para su desdicha, era ateo, como yo. Que yo no conociera el culto vital no era de extrañar, porque yo no era un *kappa*. Pero Tock, habiendo nacido en el país de los *kappa*, lo más probable es que hubiera conocido «el árbol de la vida». Sintiéndome apenado porque Tock no había aceptado aquellas enseñanzas, interrumpí al anciano para ponerme a hablar de él.

—¡Ay! Qué lástima aquel poeta...

El anciano, al escucharme, dejó escapar un profundo suspiro.

—Nuestro destino lo determinan las creencias, las circunstancias y el azar. Nada más. (Ustedes cuentan también la genética, ¿verdad?). Desgraciadamente, Tock no fue capaz de creer.

—Estoy convencido de que Tock los envidiaba. Incluso yo los envidio. Lap es, además, tan joven...

—Yo, solo que tuviera bien el pico, hasta sería optimista.

El anciano, escuchándonos, volvió a suspirar profundamente. Sus ojos, fijos en la Venus negra, se fueron llenando de lágrimas.

—La verdad es que también yo... Es un secreto, así que les ruego que no se lo digan a nadie... En realidad yo tampoco creo en nuestro dios. Con todo, espero que algún día mis plegarias...

En ese preciso instante se abrió de sopetón la puerta del cuarto y apareció una enorme *kappa* hembra que se abalanzó sobre el anciano. Lap y yo intentamos impedirle el paso, pero la hembra consiguió tumbar al anciano sobre el suelo.

—¡Maldito viejo! ¡Has vuelto a robarme dinero del monedero para pagarte las copas!

Lap y yo salimos de allí huyendo a los diez minutos para dejar atrás a aquel matrimonio de *kappa* y descender por la escalinata del Gran Templo.

—Así no me extraña que el anciano no crea en «el árbol de la vida» —comentó Lap al cabo de un rato caminando en silencio.

Yo no respondí y me giré para observar una vez más el Gran Templo. A través del cielo nublado, las altas torres y la gran bóveda se extendían como tentáculos, ofreciendo un aspecto tan ominoso como el de esos espejismos que se ven en el desierto.

15

Al cabo de una semana más o menos, Chack, el médico, me contó algo extraordinario. Me explicó que en la casa de Tock había aparecido un fantasma. Para entonces, la hembra *kappa* se había mudado a alguna parte y la casa de nuestro amigo el poeta había sido reconvertida en un estudio de fotografía. Según me dijo Chack, cada vez que se revelaba una foto en aquel estudio, detrás de los clientes que posaban aparecía la figura borrosa de Tock. Chack era un materialista, así que no creía en la vida más allá de la muerte. Mientras me lo explicaba, esbozaba una sonrisa maliciosa y añadía comentarios como este:

—Por lo visto el alma también posee una existencia material, ¿verdad?

En eso de creer en fantasmas, mi posición no cambiaba demasiado respecto a la de Chack. Pero debido a que sentía un gran aprecio por Tock, el poeta, me dirigí enseguida a la librería y compré todos los periódicos y las revistas que incluían comentarios o fotografías relacionados con su fantasma. Observando las fotografías pude comprobar, ciertamente, que detrás de *kappa* de todas las edades aparecía la figura difuminada de un *kappa* que recordaba a Tock.

Con todo, hubo un artículo en concreto que me impresionó más que las fotografías. Se trataba de un artículo de la Sociedad de Estudios Psíquicos sobre el fantasma de Tock.

(He traducido palabra por palabra ese informe, del que incluyo un resumen más abajo. Los paréntesis se corresponden con los comentarios que yo añadí).

Informe sobre el fantasma del señor Tock, poeta.

(Artículo publicado en el número 8274 del *Boletín de la Sociedad de Estudios Psíquicos*).

Nuestra honorable Sociedad de Estudios Psíquicos, con motivo del reciente suicidio del señor Tock, poeta, abrió una comisión extraordinaria para investigar el antiguo domicilio del finado, actualmente el estudio del fotógrafo xx, en la calle xx, número 251. A continuación, se detalla una lista con los miembros de la comisión. (Omito los nombres).

Nosotros, los diecisiete miembros de la Sociedad de Estudios Psíquicos, junto a su presidente el Sr. Peck, nos reunimos el día 17 de septiembre a las 10:30 de la mañana en la habitación del susodicho estudio en compañía de la Sra. Hop, nuestra médium de confianza. La Sra. Hop, en cuanto accedió al susodicho estudio, empezó a notar la atmósfera cargada de espíritus y todo su cuerpo se puso a temblar, llegando incluso a vomitar varias veces. Según nos explicó la propia médium, eso se debía a que la atmósfera estaba cargada también de nicotina, a consecuencia del amor vehemente que el poeta Tock sentía por el tabaco.

Todos los miembros nos sentamos en silencio alrededor de una mesa redonda con la Sra. Hop. A los tres minutos y veinticinco segundos, la Sra. Hop cayó de golpe en un profundo estado de trance y su cuerpo fue poseído por el espíritu del poeta Tock. Cada uno de los miembros, siguiendo el orden de mayor a menor edad, le planteamos al espíritu de Tock en el cuerpo de la médium las siguientes cuestiones.

Pregunta: ¿Por qué decidió usted reaparecer como fantasma?
Respuesta: Para saber qué fama tengo después de muerto.
Pregunta: ¿Significa eso que usted, es decir, ustedes los espíritus, desean ser reconocidos incluso después de muertos?
Respuesta: Al menos yo así lo deseo. Aunque también están aquellos que desprecian la fama después de la muerte, como un poeta japonés con el que me crucé por aquí.
Pregunta: ¿Podría usted decirnos el nombre de ese poeta?
Respuesta: Por desgracia, lo he olvidado. Recuerdo solamente un poema suyo de diecisiete sílabas, metro de su preferencia a la hora de componer.
Pregunta: ¿De qué poema se trata?
Respuesta: *Un viejo estanque / se zambulle una rana / murmullo de agua.*
Pregunta: ¿Le parece a usted ese poema una obra maestra?
Respuesta: No me parece del todo malo. Ahora bien, si en vez de «rana» pusiera «kappa» sería muchísimo más brillante.
Pregunta: ¿Y eso por qué?
Respuesta: Porque nosotros los *kappa* anhelamos encontrar al *kappa* en toda obra de arte.

En este punto, el presidente Peck nos llamó la atención a los diecisiete miembros para señalarnos que aquello no era una sesión de crítica literaria, sino una comisión de investigación extraordinaria de la Sociedad de Estudios Psíquicos.

Pregunta: ¿Cómo es la vida de los espíritus?
Respuesta: Exactamente igual que la de ustedes.
Pregunta: En ese caso, ¿está usted arrepentido de haberse suicidado?
Respuesta: No me arrepiento en absoluto. Cuando me canse de la vida espiritual, no tengo más que coger una pistola y *desuicidarme*.
Pregunta: ¿Es fácil para ustedes *desuicidarse*?

El espíritu de Tock respondió a esta pregunta con otra pregunta. Una réplica que aquellos que conozcan a Tock encontrarán de lo más natural.
Respuesta: ¿Es fácil para ustedes suicidarse?
Pregunta: ¿Es eterna la vida de los espíritus?
Respuesta: Existe gran confusión de creencias y teorías al respecto de nuestra vida. Por suerte, no deben olvidar que también entre nosotros existen diversidad de creencias: cristianismo, budismo, islamismo, zoroastrismo, etcétera.
Pregunta: ¿En qué cree usted personalmente?
Respuesta: Yo sigo siendo un escéptico.
Pregunta: Pero al menos no dudará usted de la existencia de los espíritus, ¿cierto?
Respuesta: No estoy tan convencido como ustedes de su existencia.
Pregunta: ¿Cuántos amigos tiene?

Respuesta: Entre amigos de todos los tiempos, pasados y presentes, y de todos los lugares, no bajarán de trescientos. Por citar algunos nombres: Kleist, Mainländer, Weininger...
Pregunta: ¿Sus amistades son solamente suicidas?
Respuesta: No necesariamente. Montaigne, por ejemplo, que abogó por el suicidio, es uno de mis amigos más respetados. Ahora bien, no tengo trato ninguno con aquellos pesimistas que no se suicidaron, los de la calaña de Schopenhauer.
Pregunta: ¿Y cómo se encuentra de salud Schopenhauer?
Respuesta: Ahora ha establecido el pesimismo psíquico y se dedica a teorizar sobre los pros y los contras del *desuicidio*. Pero está bastante tranquilo desde que se enteró de que el cólera es también una enfermedad bacteriana.

A continuación, le preguntamos sobre Napoleón, Confucio, Dostoievski, Darwin, Cleopatra, Buda, Demóstenes, Dante y Sen no Rikyu, entre otros. Desgraciadamente, Tock no fue capaz de ofrecernos información detallada al respecto y en cambio se puso a hacernos preguntas para chismorrear sobre su propia persona.

Pregunta: ¿Qué reputación tengo después de muerto?
Respuesta: Cierto crítico dijo que era usted un poeta más del montón.
Pregunta: Será uno que me tiene rencor porque no le regalé mi poemario. ¿Han salido ya editadas mis obras completas?
Respuesta: Editarse se han editado, pero por lo visto las ventas van un poco lentas.
Pregunta: Mis obras completas, de aquí a trescientos años, es decir, cuando hayan expirado los derechos de autor, serán

adquiridas por miles de personas. ¿Y cómo está aquella amiga mía con la que cohabitaba?
Respuesta: Se convirtió en la esposa de Lack, el librero.
Pregunta: La pobre todavía no se habrá enterado de que Lack tiene un ojo postizo. ¿Y mi hijo?
Respuesta: Hemos oído que está en un orfanato estatal.

Tock guardó silencio unos instantes antes de reanudar la tanda de preguntas.

Pregunta: ¿Qué ha sido de mi casa?
Respuesta: Se ha convertido en el estudio de cierto fotógrafo.
Pregunta: ¿Y qué ha pasado con mi escritorio?
Respuesta: No se sabe qué fue de él.
Pregunta: En el cajón de mi escritorio guardaba yo un fajo de cartas muy valiosas... Afortunadamente están ustedes muy ocupados como para perder su tiempo en esas cosas. Pero ya es tarde en el mundo de los espíritus y está oscureciendo. Me despido ya de ustedes, caballeros. Adiós, señores. Adiós, estimados señores.

La Sra. Hop despertó bruscamente de su estado de trance con aquellas últimas palabras. Los diecisiete miembros de la Sociedad juramos ante Dios nuestro Señor la veracidad de este intercambio de preguntas y respuestas.

P. D. En cuanto a la remuneración de la Sra. Hop, nuestra médium de confianza, se le pagó conforme a las tarifas que cobraba cuando ejercía de actriz de teatro.

16

Después de leer este informe me deprimí tanto que me entraron ganas de abandonar aquel país y regresar al mundo de los seres humanos. Sin embargo, por mucho que buscara el agujero por el que había caído, no lograba encontrarlo. Entretanto, Bag, el pescador, un día me habló de un *kappa* anciano que vivía apaciblemente en las afueras de la ciudad leyendo libros y tañendo la flauta. Pensé que si preguntaba a ese *kappa*, quizás él conociera el camino de vuelta, así que me dirigí a los suburbios en cuanto tuve ocasión. Sin embargo, cuando llegué al lugar, no me encontré con ningún *kappa* anciano, sino con uno de apenas doce o trece años que aún tenía el plato de la cabeza blando y que estaba tocando la flauta con parsimonia en el interior de una pequeña cabaña. Pensé, obviamente, que me había equivocado de casa. Pero al preguntarle por su nombre, comprobé que se trataba en efecto del mismo anciano del que me había hablado Bag.

—Pero si eres un niño...

—Creí que ya conocería usted mi historia. Del vientre de mi madre salí con el pelo blanco. Después fui rejuveneciendo hasta convertirme en el niño que soy ahora. Si hacemos cálculos, contando que tenía sesenta años ya antes de nacer, ahora tendré unos ciento quince o ciento dieciséis años.

Observé el interior de la estancia. Quizás fuera solo mi imaginación, pero entre unas sillas y una mesa muy modestas, percibí como si flotara un aire de pura felicidad.

—Parece que vive usted más feliz que cualquier otro *kappa*.

—Es posible que así sea. De joven era un anciano y ahora, de anciano, soy joven. De ahí que no sienta la sed de codicia de los viejos, ni me deje arrastrar por los encantos de la carne como un joven. De todos modos, incluso si mi vida no pudiera calificarse de feliz, no hay duda de que se puede calificar de tranquila.

—Ya veo. Entonces habrá podido vivir en paz.

—No exactamente. Solo con eso no consigue uno estar en paz. Yo he gozado de muy buena salud y he poseído la suficiente fortuna como para no tener que preocuparme por la comida. De todos modos, creo que lo que me causó mayor felicidad fue, sin duda, haber nacido viejo.

Durante un buen rato le estuve hablando de cosas como el suicidio de Tock o los chequeos médicos que se hacía Gael diariamente, pero a ese *kappa* anciano se le podía leer en la cara que, por alguna razón, todo aquello no le interesaba lo más mínimo.

—Así pues, a diferencia del resto de los *kappa*, no posee usted un apego especial por la vida, ¿verdad?

El anciano *kappa* clavó en mí su mirada y respondió sosegadamente.

—Yo, como cualquier otro *kappa*, salí del útero materno solo después de que mi padre me preguntara si realmente quería vivir en este mundo.

—Pero es que en mi caso yo caí rodando a este país por accidente. ¿No me podría usted indicar el camino para salir de aquí?

—No existe más que un solo camino para salir.

—¿Cuál?

—El camino por el que usted llegó.

Al escuchar su respuesta, se me pusieron los pelos de punta.

—Por desgracia, no soy capaz de encontrar ese camino.

El anciano *kappa* volvió a clavar sus ojos llenos de lozanía en mi rostro. Entonces se levantó y se dirigió a un rincón de la estancia para tirar de una cuerda que colgaba del techo. Se abrió una claraboya redonda de la que no me había percatado hasta ese momento. Por la claraboya asomaban las ramas extendidas de un pino y de un ciprés, y de fondo el cielo despejado. Podía verse también la cima del monte Yarigatake elevándose como la punta de una enorme flecha. Igual que un niño que avista un avión, di un salto de alegría.

—Puede usted salir por ahí —dijo el anciano *kappa* señalando la cuerda con el dedo.

De hecho, lo que yo creía que era una cuerda resultó ser una escalera de cuerda.

—Me voy por ahí, pues. Con su permiso...

—Antes debo avisarle. Si sale, no vaya a arrepentirse.

—No se preocupe. No creo que me arrepienta.

Apenas había terminado de hablar y ya me encontraba subiendo por la escalera de cuerda, observando hacia abajo, desde la distancia, el plato en la cabeza del anciano *kappa*.

17

Después de regresar del país de los *kappa*, durante un tiempo no pude soportar el olor que desprendía la piel humana. En comparación con nosotros los seres humanos, los *kappa* son realmente pulcros. Además, acostumbrado como estaba a sus cabezas, las de los humanos me parecían algo repulsivo. Es posible que ustedes no entiendan a qué me refiero. Los ojos y la boca, ni qué decir tiene, pero lo que me provocaba mayor malestar era sobre todo la nariz. Así que me las ingenié para no tener que ver a nadie. De todas formas, nosotros los humanos terminamos acostumbrándonos a todo, por lo que en menos de medio año ya estaba yo de vuelta en las calles. Eso sí, lo que no podía evitar era que en mitad de una conversación se me escaparan algunas palabras del idioma *kappa*.

—¿Estarás mañana en casa?

—*Qua*.

—¿Cómo dices?

—No, nada, que sí, que voy a estar.

Más o menos era así como iba la cosa.

Al cabo de aproximadamente un año desde mi regreso, fracasé en un negocio... (El doctor S lo interrumpió y le sugirió que era mejor omitir ese asunto. Según el doctor, cada vez que hablaba de eso, se ponía tan violento que ni siquiera los enfermeros eran capaces de sujetarlo).

Me salto entonces esa parte. Aunque fue precisamente por haber fracasado en los negocios que deseé regresar al país de los *kappa*. Y digo bien. No «ir». Lo que yo quería era «regresar». Sentía como si el país de los *kappa* fuera mi tierra natal. Abandoné furtivamente mi casa y me subí a un tren de la línea Chuo, donde por desgracia me detuvo un oficial y terminaron ingresándome en este hospital. Desde mi ingreso aquí no he dejado de pensar en el país de los *kappa*. ¿Qué estará haciendo Chack, el médico? Mag, el filósofo, probablemente seguirá reflexionando, como de costumbre, bajo la lámpara de vidrio de siete colores. Pero sobre todo mi gran amigo Lap, el estudiante del pico podrido...

Una tarde nublada como hoy, estaba yo inmerso en esos recuerdos cuando por poco me echo a gritar. Parado frente a mí había un *kappa* que me hacía reverencias. Era Bag, el pescador, a quien no había visto entrar. Cuando me repuse de mi sorpresa, no recuerdo si lloré o si reí, pero me emocionó mucho poder usar de nuevo, después de tanto tiempo, el idioma de los *kappa*.

—¡Oh, Bag! ¿Qué te trae por aquí?

—¡Muy buenas! Vengo de visita. Al saber que estabas enfermo...

—¿Cómo te has enterado?

—Lo dijeron por las noticias en la radio.

Bag soltó una carcajada triunfal.

—¿Pero cómo has sido capaz de llegar hasta aquí?

—Eso no tiene ningún misterio. Para un *kappa*, los ríos y canales de Tokio son como calles.

Fue entonces, a buena hora, cuando me di cuenta de que los *kappa*, igual que las ranas, eran anfibios.

—Pero por aquí cerca no hay ningún río.

—No, para venir hasta aquí he tenido que pasar por los desagües y abrir una boca de incendios.

—¿Abriendo una boca de incendios?

—¿Acaso el señorito lo ha olvidado? También hay mecánicos entre los *kappa*.

Desde que vino Bag a verme recibo visitas de algunos *kappa* cada dos o tres días.

Según el doctor S yo sufro de esquizofrenia. Pero lo que me dijo Chack, el médico —disculpen si los ofendo—, es que el esquizofrénico no soy yo, sino ustedes, empezando por el doctor S. Así es, Chack, el médico, también vino a verme, igual que hicieron Lap, el estudiante, y por supuesto Mag, el filósofo. Ahora bien, el único que viene durante el día es Bag, el pescador. Cuando vienen dos o tres *kappa* a la vez, suelen venir de noche, durante las noches de luna. Anoche, sin ir más lejos, bajo el resplandor de la luna, estuve charlando con Gael, el presidente de la compañía vidriera, y con Mag, el filósofo. También estaba Craback, el músico, quien nos deleitó con una pieza de violín. Miren, ¿no ven sobre el escritorio aquel ramo de lirios negros? Lo trajo anoche de regalo el propio Craback...

(Me volví, pero obviamente no había ningún ramo de flores sobre el escritorio).

Y este libro lo trajo Mag, el filósofo, expresamente para mí. Lean ustedes el primer poema. Ah, no, que ustedes no conocen el lenguaje de los *kappa*. Ya se lo leo yo. Es uno de los tomos de las obras completas de Tock, que han sido publicadas recientemente.

(Tomó un viejo listín telefónico entre las manos y recitó en voz alta el siguiente poema):

En el interior de la palmera y del bambú,
duerme Buda desde antaño.

Junto a una higuera seca al borde del camino
yace Cristo ya sin vida.

Nosotros, en cambio, necesitamos descansar,
aunque solo sea frente a una mera escena de teatro.

(¡Cuyos decorados, vistos por detrás, no son
sino puros lienzos remendados!).

Pero yo no soy tan pesimista como ese poeta. Mientras reciba visitas de *kappa* de vez en cuando... ¡Ah, se me olvidaba! ¿Recuerdan ustedes a mi amigo Pep, el juez? Él sí que se volvió loco tras perder su trabajo. Parece ser que ahora está ingresado en un sanatorio del país de los *kappa*. Si el doctor S me lo permitiera, me encantaría ir a hacerle una visita...

11 de febrero del segundo año de la Era Showa (1927)

EL HILO DE LA ARAÑA

I

Un día se paseaba el Buda misericordioso en solitario por las orillas del Estanque de Lotos en el Paraíso. Las flores de loto que se abrían en mitad del estanque eran blancas como perlas y sus pistilos dorados en el centro inundaban los alrededores con un aroma indescriptible. En el paraíso amanecía.

Buda se detuvo de pronto en la orilla del estanque y, asomándose entre las hojas de loto que cubrían la superficie del agua, contempló el aspecto del mundo inferior. En el nadir de aquel estanque se extendían las profundidades del infierno, por lo que a través del agua cristalina, como si se contemplara a través de una lente, se divisaban con nitidez parajes como el Río de la Triple Encrucijada o el Monte de Espadas.

El Buda misericordioso fijó su mirada en la figura de un hombre llamado Kandhata, quien, junto a otros condenados, erraba por los infiernos. El tal Kandhata era un bandido que había cometido multitud de atrocidades, asesinando a gente y prendiendo fuego a las casas. A pesar de eso, Buda recordó que Kandhata había realizado también una buena acción. Una vez, atravesando la espesura de un bosque, Kandhata se fijó en una araña que caminaba al borde del camino. Al verla, levantó el pie con la intención de aplastarla. Pero recapacitó: «No, no. A pesar de su pequeñez, se trata sin duda de un ser viviente. Sería una lástima arrebatarle la vida así sin más». De este modo decidió no matarla, salvándole, en consecuencia, la vida.

Mientras observaba el aspecto del infierno, el Buda misericordioso recordó cómo Kandhata había ayudado a aquella araña. En compensación por aquella buena acción, pensó en hacer todo lo que estuviera en su mano para rescatarlo. La buena fortuna quiso que sobre la hoja de un loto color jade se encontrara una araña del paraíso hilando su hermosa tela color plata. Buda tomó la tela entre sus manos y, desde el hueco abierto entre los lotos blancos como perlas, la deshiló hasta las profundidades del infierno, que se extendía en la distancia.

2

Estaba Kandhata, junto a otros condenados, flotando y hundiéndose en la Laguna de Sangre, en las profundidades del infierno. Las tinieblas se extendían por doquier, allá adonde se mirase, y solo se percibía de vez en cuando entre la oscuridad, de forma vaga, el brillo de las espadas del Monte de Espadas; imaginad qué terrorífico. Por si fuera poco, los alrededores permanecían inmersos en un silencio sepulcral en el que únicamente se escuchaba de vez en cuando la débil respiración de los condenados. Los humanos allí arrojados, extenuados tras sufrir uno tras otro los castigos del infierno, no tenían fuerzas siquiera para echarse a llorar. Incluso el gran ladrón Kandhata, ahogándose en la sangre de la Laguna de Sangre, se debatía como un sapo moribundo.

Y he aquí lo que sucedió entonces. Al dirigir Kandhata un instante la mirada hacia lo alto del cielo sobre la Laguna de Sangre, en mitad de aquella oscuridad impenetrable, descubrió un hilo de araña plateado deslizándose hacia él desde las alturas más remotas, con un brillo tan tenue que parecía querer esconderse de miradas ajenas. Al descubrirlo, batió palmas de alegría. Si se agarraba a aquel hilo y ascendía por él, estaba seguro de que podría escapar de aquel infierno. En el mejor de los casos, podría incluso alcanzar el paraíso, con lo que se libraría de ser conducido de nuevo al Monte de Espadas y de ser sumergido otra vez en la Laguna de Sangre.

Así elucubró Kandhata, que sin perder más tiempo se agarró con ambas manos al hilo de araña e inició su escalada, arriba y arriba, con todas sus fuerzas; algo que, por su condición de ladrón, se le daba muy bien desde antaño.

Sin embargo, entre el infierno y el paraíso había miles y miles de kilómetros, así que por mucho que se apresurara, no conseguía alcanzar la salida. Tras un buen rato remontando el hilo, Kandhata quedó exhausto; así, incapaz de seguir su ascenso, no tuvo más remedio que tomarse un respiro. Colgando del hilo a mitad de camino, echó un vistazo hacia abajo en la distancia.

El gran esfuerzo de la ascensión había dado sus frutos, puesto que la Laguna de Sangre de la que había partido desaparecía ya en la profundidad de las tinieblas. También había dejado bajo sus pies aquel brillo vago del terrible Monte de Espadas. A ese paso escaparía pronto del infierno, de forma definitiva. Kandhata, encaramado al hilo de la araña, estalló en carcajadas mientras pronunciaba sus primeras palabras en años desde que cayera en desgracia: «¡Ya está! ¡Ya está!». Pero de repente se dio cuenta de que bajo sus pies decenas de condenados se aferraban al hilo para seguirlo, ascendiendo, ascendiendo, trepando desesperadamente como una hilera de hormigas. Al verlos, Kandhata quedó estupefacto, o más bien aterrorizado, y durante unos instantes, incapaz de reaccionar, no hizo más que observarlos moviendo los ojos de un lado para otro y con la boca abierta como un bobo. Aquel finísimo hilo de araña, que parecía que iba a romperse en cualquier momento con el peso de uno solo, ¿podría acaso aguantar el peso de cientos? Si el hilo terminara rompiéndose, pensó Kandhata, todo su esfuerzo habría sido en vano y volvería a caer de cabeza a aquel infierno. Eso no podría soportarlo. Y mientras así murmuraba, cientos de condenados, miles de condenados, pululando de forma incesante, trepaban en fila por el brillante y fino hilo de araña desde las tinieblas de la Laguna de Sangre. Si no hacía algo pronto, el hilo de araña se rompería por el peso y lo arrastraría consigo.

Kandhata se puso a gritar: «¡Malditos condenados! ¡Este hilo de araña es mío! ¿Quién os ha dado permiso para subir? ¡Bajad! ¡Abajo!».

Fue en ese mismo instante cuando el hilo, que hasta ahora ni se había inmutado, emitió un crujido, cortándose en dos justo por donde se agarraba Kandhata. No se libró de la caída; cortando el aire y girando como una peonza, fue cayendo y cayendo de cabeza hacia las oscuras profundidades.

Tras él quedó colgando el hilo de la araña del paraíso, reluciendo con su brillo finísimo en mitad de un cielo sin estrellas ni luna.

3

El Buda misericordioso presenció aquella escena de principio a fin desde el borde del Estanque de Lotos en el paraíso, pero en cuanto Kandhata se hundió como una piedra en las profundidades de la Laguna de Sangre, su rostro se ensombreció de tristeza, y reanudó su marcha. A ojos del Buda misericordioso, la falta de compasión demostrada por Kandhata en su intento por salvarse él solo y el correspondiente castigo de caer nuevamente en el infierno supusieron una gran decepción.

Sin embargo, los lotos del Estanque de Lotos del Paraíso se mostraron completamente indiferentes a lo sucedido. Aquellas flores blancas como perlas balanceaban sus cálices a cada paso del Buda misericordioso y los pistilos dorados en su centro inundaban de forma incesante los alrededores con un aroma indescriptible. Se acercaba el mediodía en el paraíso.

16 de abril del año 7 de la Era Taisho (1918)

EL INMORTAL[1]

1 En japonés *sennin* (anacoreta, eremita) se refiere a los seres iluminados o santos de la mitología taoísta originaria de China que vivían en las montañas, poseían poderes mágicos y gozaban de la inmortalidad. En la traducción de este y otros cuentos alterno los términos inmortal y anacoreta, considerando que este último es más acertado para describir el aspecto y el modo de vida de estos personajes, que en su origen fueron posiblemente chamanes.

Estimados lectores:

Ahora mismo me encuentro en Osaka, así que os contaré una historia de Osaka.

Había una vez un hombre que vino a Osaka para buscar empleo como aprendiz al servicio de alguna casa. Desconozco su nombre. Pero como había venido para encargarse de tareas como cocer el arroz, se le conocía por Gonsuke, nombre que se les daba normalmente a los sirvientes que cocían el arroz.

Gonsuke cruzó la puerta de la oficina de empleo y se dirigió al encargado, al que se encontró fumando de una pipa.

—Señor, quisiera convertirme en un anacoreta inmortal, así que le ruego que me encuentre una casa apropiada para ello.

El encargado, estupefacto, guardó silencio.

—Señor, ¿es que no me oye? Quiero convertirme en inmortal, así que encuéntreme una casa adecuada para ello.

—De verdad que lo siento, pero... —El encargado continuó chupando de la pipa—. En esta oficina no hemos conseguido nunca contratos para inmortales. Le recomiendo que pruebe en otro sitio.

Gonsuke, contrariado, dio un paso amenazante dejando entrever sus verdes calzones a la altura de la rodilla, y rebatió:

—Me extraña. ¿Ha olvidado usted el lema de su oficina escrito en la cortinilla de la entrada? ¿Acaso no pone «todos los empleos»? Si está escrito «todos», será porque es verdad que ofrecen todo tipo de empleos. A no ser que mintiera usted a propósito cuando escribió el lema en la cortinilla que anuncia su oficina.

Visto así, Gonsuke tenía buenas razones para enojarse.

—No, en la cortinilla no pone nada que no sea cierto. Si insiste usted en buscar empleo en una casa donde poder convertirse en aprendiz de inmortal, vuelva usted mañana. Hoy mismo preguntaré por ahí a ver qué le encuentro.

El encargado salió del paso como pudo y aceptó la petición de Gonsuke. Sin embargo, no tenía ni idea de dónde encontrarle una casa en la que pudiera entrar como aprendiz de anacoreta. En cuanto Gonsuke se marchó, el encargado de la oficina salió a toda prisa en dirección a la casa del médico del barrio. Tras explicarle el caso de Gonsuke, le preguntó:

—¿Qué opina usted, doctor? Para ejercitarse y alcanzar la meta de inmortal lo más rápido posible, ¿al servicio de qué casa cree usted que podría entrar?

El doctor se mostró algo confundido. Cruzando los brazos, se quedó absorto un instante en la contemplación de los pinos del jardín. Fue su astuta esposa, conocida con el sobrenombre de «vieja raposa», quien, tras escuchar al encargado, se entrometió en la conversación.

—Envíémelo usted aquí. En dos o tres años lo convierto yo en un mago anacoreta.

—¿Está usted segura? Me haría usted un gran favor, se lo agradezco. En el fondo ya me daba a mí la sensación de que los magos y los médicos tenían algo en común.

El encargado, ignorando las verdaderas intenciones de la mujer, se despidió entre reverencias para luego regresar a su casa la mar de contento.

El médico, con expresión amarga en el rostro, siguió al encargado con la mirada y, en cuanto se hubo marchado, se dirigió a su mujer:

—¿Pero qué tonterías dices? ¿Qué pasará si al cabo de los años ese paleto se queja por no haberle enseñado nada de magia? —la reprendió airado.

Sin embargo, su esposa, en vez de disculparse, se rio con soberbia.

—Anda, anda, tú mejor cállate, que esa estúpida honestidad tuya no nos va a dar de comer en este mundo cruel —le replicó al médico con desdén.

Al día siguiente, tal y como habían pactado, el encargado llegó acompañado del paleto de Gonsuke. Este, quizás nervioso por su primera entrevista, iba engalanado con un *haori* lleno de emblemas, pero ni aun así podía disimular su aspecto de campesino. Aunque sin duda no se lo esperaban. El médico, como si viera llegar a una bestia con olor a almizcle de la India, repasó su rostro con la mirada y le preguntó con aire de sospecha:

—Me han dicho que quieres hacerte anacoreta, ¿pero de dónde diablos te ha venido la idea?

A lo que Gonsuke respondió:

—La verdad es que no lo sé, pero es que cuando vi el castillo de Osaka, se me ocurrió que también las gentes importantes como el gran señor del castillo se mueren algún día. En el fondo, todo el lujo y toda la gloria que acumulan los seres humanos pasan en vano.

—Entonces, con tal de convertirte en un anacoreta, aceptarías cualquier tipo de trabajo, ¿verdad? —interrumpió enseguida la esposa del médico.

—Sí, si es por convertirme en anacoreta, realizaré cualquier tarea.

—En ese caso, entrarás al servicio de nuestra casa como aprendiz durante veinte años. Una vez que transcurran esos veinte años, te desvelaremos el truco para convertirte en un inmortal.

—¿De verdad? No sabe usted cuánto se lo agradezco.

—Pero, a cambio, durante los próximos veinte años no cobrarás ni un solo céntimo.

—Sí, sí, de acuerdo.

Fue así como Gonsuke pasó veinte años al servicio de la casa del médico. Sacaba agua del pozo. Cortaba leña. Cocía el arroz. Barría y limpiaba. Y cuando el médico salía de visita, él lo acompañaba con la caja de las medicinas a cuestas... Y en todo ese tiempo no pidió nunca ni un céntimo, convirtiéndose de ese modo en un criado tan valioso que era imposible encontrar otro igual en todo Japón.

Cuando se cumplieron los veinte años, Gonsuke se presentó ante sus amos vistiendo el *haori* con emblemas, igual que la primera vez que llegó a la casa, y expresó con solemnidad su agradecimiento.

—Bueno, pues. Durante todo este tiempo he cumplido mi promesa, así que creo que ha llegado la hora de que me enseñen el truco para convertirme en un anacoreta inmortal.

Las palabras de Gonsuke hicieron que el médico se sintiera incómodo. Después de veinte años a su servicio sin cobrar ni un céntimo, no se sentía capaz de decirle que desconocía por completo las artes mágicas de los anacoretas. Así que, sin otra alternativa, giró la cara bruscamente hacia un lado y comentó:

—La que sabe el truco para ser anacoreta es mi esposa, así que es ella quien te lo va a enseñar.

Aun así, la esposa no perdió la calma.

—Bueno, entonces te enseñaré el método para adquirir las artes mágicas del anacoreta. A cambio, debes hacer caso de todo lo que te diga, por muy difícil que te parezca. Si no lo cumples, no solo no te convertirás en un inmortal, sino que además tendrás que pasar otros veinte años sin sueldo a nuestro servicio; y si no, serás castigado con la muerte.

—De acuerdo. Cumpliré con cualquier tarea, por muy difícil que sea.

Gonsuke, exultante de alegría, esperó las indicaciones de la mujer.

—Bien, pues. ¡Trepa hasta lo alto de aquel pino! —indicó la esposa del médico señalando hacia el jardín.

Como la mujer no tenía ni idea de cómo se convertía uno en anacoreta, la cuestión era indicarle a Gonsuke que hiciera cosas difíciles de llevar a cabo hasta que no fuera capaz de hacerlo, con lo que tendría que pasar otros veinte años a su servicio. Atendiendo a sus palabras, Gonsuke trepó por el pino del jardín con agilidad.

—Más alto. Sube más alto, mucho más alto.

La mujer, de pie sobre la veranda, alzaba la mirada en dirección a Gonsuke. El *haori* con emblemas que vestía Gonsuke ondeaba ya en lo más alto de la copa de aquel pino inmenso.

—Ahora suelta la mano derecha.

Gonsuke, agarrándose fuertemente a una de las gruesas ramas del pino con su mano izquierda, fue poco a poco soltando la mano derecha.

—Ahora suelta la mano izquierda.

—Oye, oye. Que si suelta la mano izquierda, el paleto se va a caer y abajo hay piedras; a ver si se va a matar.

El médico se asomó preocupado por el extremo de la veranda.

—No te toca a ti salir a escena. Déjalo en mis manos... ¡Venga, suelta la mano izquierda!

Gonsuke, antes incluso de que la mujer terminara la frase, soltó de golpe la mano izquierda. Había soltado ambas manos en lo alto de la copa del árbol, así que era lógico que se cayera. Al instante, el cuerpo de Gonsuke —el *haori* con emblemas que vestía Gonsuke— se desprendió desde lo alto de la copa. Sin embargo, no llegó a caer. ¡¿Acaso no se había detenido extrañamente en mitad del cielo diurno como si fuera una marioneta?!

—Muchísimas gracias. Gracias a su bondad finalmente me he convertido en un inmortal.

Gonsuke inclinó la cabeza cortésmente y, dando pasos silenciosos sobre el cielo azul, se fue alejando poco a poco hacia las alturas hasta perderse entre las nubes.

Qué fue del médico y de su esposa, nadie lo sabe. Solo se sabe que el pino permaneció en el jardín del doctor muchos años después. Se dice que más tarde el comerciante Yodoya Tatsugoro[1] hizo arrastrar expresamente hasta su jardín aquel pino inmenso de cuatro brazadas de ancho para contemplarlo cuando se cubría de nieve.

Marzo del año 11 de la Era Taisho (1922)

1 Sobrenombre de Yodoya Saburōemon (1576-1643), conocido mercader del periodo Edo dedicado al comercio de arroz al servicio de varios daimios y que convirtió Osaka en la «cocina del Estado», según expresión de la época.

LAS RANAS

Me encuentro ahora mismo tumbado junto a un viejo estanque en el que habitan un montón de ranas. Alrededor del estanque crecen los carrizos y los juncos por doquier. Más allá de los carrizos y los juncos, el viento mece con elegancia los altos ramajes de una alameda, y más allá todavía se divisa un apacible cielo de verano en el que nubes minúsculas brillan intensamente como fragmentos de cristal; nubes que se ven todavía mucho más hermosas reflejadas, todas ellas, sobre el agua del estanque.

Las ranas, sin dar muestras de agotamiento, se pasan el tiempo eternamente metidas en el estanque, croando y groando: *kororo, karara.* Si no se les presta demasiada atención, lo único que se escucha es *kororo, karara.* Pero en realidad están inmersas en una batalla dialéctica. ¡Pues no solo iban a hablar las ranas en los tiempos de Esopo!

Entre ellas, una rana que permanecía subida a una hoja de un carrizo se puso a hablar con aires de profesor universitario:

—¿Para qué está el agua? El agua está para que nosotras las ranas nos bañemos en ella. ¿Para qué están los insectos? Para que nosotras las ranas nos los comamos.

—¡Sí, eso, eso! —exclamaron el resto de las ranas desde el interior del estanque.

La superficie del estanque, donde antes se reflejaban el cielo y la vegetación, quedaba ahora prácticamente enterrada bajo una cantidad de ranas tal que sus vítores lo cubrían todo; un *kororo* y un *karara* tan escandalosos que terminaron por despertar a una serpiente que justo se encontraba durmiendo a la sombra de un álamo. La serpiente alzó la cabeza en posición de ataque, dirigió su mirada hacia el estanque y, con ojos todavía soñolientos, se relamió.

—¿Para qué está la tierra? Para que crezca la vegetación. ¿Y para que está la vegetación? Para que nosotras las ranas gocemos de su sombra. En conclusión, todas las cosas de la tierra existen para nosotras las ranas.

—¡Sí, eso, eso!

La serpiente, al escuchar aquella segunda tanda de vítores, enderezó de golpe su cuerpo como un látigo. Entonces, sin perder de vista en ningún momento el interior del estanque con sus ojos negros y relucientes, empezó a arrastrarse hacia los carrizos.

La rana que permanecía posada sobre la hoja del carrizo, abriendo su enorme bocaza, continuaba con su discurso.

—¿Para qué está el cielo? Para colgar el sol. ¿Y para qué está el sol? Pues para secarnos la espalda a nosotras las ranas. En consecuencia, todas las cosas del cielo existen para nosotras las ranas. El agua y la vegetación, los insectos y la tierra, el cielo y el sol, todo está ahí para nosotras las ranas. La realidad de que el conjunto de las cosas creadas existe para nosotras no deja espacio ninguno a la duda. Al tiempo que os ofrezco a todas vosotras esta revelación, quisiera también mostrar mi más sincero agradecimiento al dios que ha creado para nosotras la totalidad del universo. Alabado sea el nombre de Dios.

La rana alzó la mirada hacia el cielo, sus ojos dieron una vuelta entera sobre sí mismos y al cabo abrió de nuevo su bocaza:

—Alabado sea...

No había terminado aún la frase cuando asomó la serpiente y, alargando la cabeza, atrapó de un bocado a aquella rana elocuente en un abrir y cerrar de ojos.

—¡*Karara*! ¡Qué terrible!

—¡*Kororo*! ¡Qué terrible!

—¡Qué terriblc! ¡*Karara*! ¡*Kororo*!

Mientras las ranas gritaban presas del pánico en el interior del estanque, la serpiente, con la rana en la boca, se ocultó entre los carrizos. La confusión que se produjo tras aquel acontecimiento sin precedentes fue algo hasta entonces inaudito. En mitad de aquella confusión escuché a una rana joven que, entre sollozos, decía lo siguiente:

—El agua y la vegetación, los insectos y la tierra, el cielo y el sol, todo existe para las ranas. ¿Y, entonces, qué pasa con la serpiente? ¿Existe también la serpiente para nosotras las ranas?

—Así es. También la serpiente existe para nosotras. Si no fuéramos devoradas por la serpiente, aumentaríamos en número. Y si aumentáramos en número, el estanque... el mundo se estrecharía de forma irremediable. Por eso viene la serpiente a devorarnos. Basta con pensar que las ranas que son devoradas por la serpiente se sacrifican por el bien de la mayoría. Así es. También la serpiente existe para nuestro beneficio. Todas las cosas habidas y por haber en el mundo existen para nosotras las ranas. Alabado sea el nombre de Dios.

Esta es la respuesta que yo mismo le oí decir a una rana con aspecto de anciana.

Septiembre del año 6 de la Era Taisho (1917)

TOSHISHUN

I

Un atardecer de primavera, bajo el pórtico oeste que daba acceso a Luoyang, la capital de la dinastía Tang, un joven contemplaba abstraído lo alto del cielo. Se llamaba Toshishun y era el hijo de un hombre rico, pero había dilapidado toda su herencia y se encontraba ahora en lo más bajo del escalafón social, sin tener siquiera con qué pasar el día.

Por aquel entonces, Luoyang era una capital que gozaba de una prosperidad sin parangón en el resto del mundo. En las calles, el tránsito de carruajes y personas era incesante. Bajo la luz oleosa que proyectaba el crepúsculo sobre el pórtico, las figuras se sucedían como en una hermosa pintura: un anciano cubriéndose con un sombrero de seda, una mujer turca con pendientes de oro, un caballo blanco con riendas adornadas con hilos de colores...

Toshishun, no obstante, recostado contra la pared del pórtico, no hacía más que contemplar el cielo, completamente ocioso. En el cielo, entre la bruma que iba poco a poco disipándose, asomaba la luna, tan fina como una uña, de un blanco apenas perceptible.

—Anochece, tengo hambre y en ningún lugar me ofrecen cobijo… Para seguir viviendo así, más valdrá que me arroje al río y termine de una vez por todas con esta vida miserable.

Toshishun llevaba mucho rato a solas dándole vueltas a aquellas vanas reflexiones cuando, de repente, plantándose frente a él, apareció de quién sabe dónde un anciano tuerto. La luz del crepúsculo proyectó sobre el pórtico la enorme sombra del anciano, quien se quedó observando fijamente a Toshishun.

—¿En qué piensas? —se dirigió a él con cierta arrogancia.

—¿Yo? No tengo dónde dormir esta noche, así que estoy pensando qué voy a hacer.

Como la pregunta del anciano lo había tomado por sorpresa, Toshishun, agachando la cabeza, respondió con franqueza.

—Vaya, lo lamento.

El anciano, tras permanecer pensativo unos instantes, señaló con el dedo un lugar en el suelo que se veía iluminado por la luz del crepúsculo.

—En ese caso, te mostraré algo que será de tu agrado. Colócate ahí, a la luz del crepúsculo. Allá donde quede proyectada la sombra de tu cabeza, cava un hoyo esta noche. Justo ahí tiene que haber enterrado tanto oro como para llenar un carro.

—¿De verdad?

Toshishun, incrédulo, levantó la mirada hacia el anciano, pero este ya había desaparecido sin dejar rastro alguno, como por arte de magia. Lo único que vio, además de la luna en el cielo —de un blanco ahora más intenso—, fueron dos o tres murciélagos tempraneros revoloteando por encima de las cabezas de aquellos que transitaban por la calle sin descanso.

2

En un solo día, Toshishun se convirtió en la persona más rica de toda la capital. Tal y como le había asegurado aquel anciano, por la noche, al cavar en la parte donde quedaba la sombra de su cabeza proyectada por la luz del crepúsculo, apareció una montaña de oro tan grande como para llenar un carro inmenso.

En cuanto se volvió rico, lo primero que hizo Toshishun fue adquirir una mansión espléndida en la que vivió rodeado de lujos que superaban incluso a los del emperador Xuanzong[1]. Mandaba comprar licor de Lanling[2]; ordenaba traer pulpa de ojos de dragón[3] desde la provincia de Guizhou; hizo plantar en el jardín peonías que cambiaban

---

1 Li Longji, Xuanzong o Hsüan-tsung (685-762), sexto emperador de la dinastía Tang (712-756) cuyo reinado coincide con la mayor prosperidad y esplendor cultural del periodo.

2 Región en el sur de la actual provincia de Shandong famosa por un licor que, según se dice, se ha venido produciendo allí desde hace más de tres mil años y cuya peculiaridad consiste en que se fermentan las cáscaras de varios cereales enterrándose en arcilla. Este licor fue cantado por poetas como Li Bai (701-762).

3 El fruto del árbol tropical ojo de dragón (*Dimocarpus longan*) recibe este nombre porque su pulpa transparente recuerda a los ojos de un dragón. En la medicina tradicional china se le dan diversos usos.

de color hasta cuatro veces al día; criaba pavos reales de color blanco; coleccionaba piedras de jade; vestía bordados de seda; se construyó un carruaje con madera de árboles aromáticos; mandó fabricar una silla de marfil... Y tantos otros lujos que, si tuviéramos que dar noticia de todos ellos, este cuento no terminaría nunca.

Corrió rápido la voz sobre la riqueza de Toshishun, hasta el punto de que todos aquellos conocidos que antes ni siquiera le devolvían el saludo cuando se cruzaban con él por la calle, se pasaban ahora mañana y tarde en su casa festejando. El número de amigos de Toshishun aumentaba por días; en menos de medio año, de entre todos los hombres de reconocido talento y de entre todas las mujeres hermosas de renombre en Luoyang, no había ni uno solo que no se hubiera pasado por su casa. Toshishun organizaba todos los días espléndidos convites para sus invitados en los que ofrecía tal variedad de espectáculos que no hay palabras suficientes para describirlos. Por tomar solo un pequeño ejemplo, mientras Toshishun se hacía servir vino traído de Europa en un cáliz de oro, un faquir nacido en la India mostraba a los presentes su arte de tragar espadas y, a su alrededor, veinte muchachas jóvenes —diez portando coronas de flores de loto hechas de jade y otras diez de peonías de ágata— tañían animadas melodías con sus arpas y sus flautas.

Sin embargo, por muy rico que uno se vuelva, el dinero tiene un límite, de ahí que un amante de los lujos como Toshishun terminara, en menos de dos años, cayendo de nuevo en la pobreza. A consecuencia de lo cual, siendo el ser humano hipócrita por naturaleza, aquellos amigos que antes lo visitaban todos los días no se dignaban ahora a saludarlo ni siquiera cuando cruzaban por delante de su casa. En la primavera del tercer año, Toshishun había vuelto a su estado previo de miseria y en todo Luoyang, aun siendo una capital muy extensa, no existía ni una sola morada en la que le ofrecieran cobijo. De todas formas, el albergue era el menor de sus problemas, puesto que ni siquiera había quien le ofreciera un mísero cuenco de agua.

Así, un atardecer, Toshishun se vio de nuevo bajo el pórtico oeste de Luoyang, abstraído en la contemplación del cielo y sin saber cómo pasar los días. Entonces, igual que sucediera antaño, apareció de la nada la figura de aquel anciano tuerto.

—¿En qué piensas? —le preguntó.

Toshishun, al ver el rostro del anciano, sintió vergüenza y quedó cabizbajo un instante, guardando silencio. Pero el anciano, usando las mismas palabras que la última vez, se dirigió a él con tanta amabilidad que Toshishun se vio obligado a responder.

—No tengo dónde dormir esta noche, por lo que estoy pensando qué voy a hacer.

—Vaya, lo lamento. En ese caso, te mostraré algo que será de tu agrado. Colócate ahí, a la luz del crepúsculo. Allá donde quede proyectada la sombra de tu pecho, cava un hoyo esta noche. Justo ahí tiene que haber enterrado tanto oro como para llenar un carro.

Tras pronunciar aquellas palabras, el anciano desapareció de nuevo, perdiéndose esta vez entre la multitud.

Al día siguiente, Toshishun había vuelto a convertirse de inmediato en la persona más rica del mundo. Y como era ya costumbre en él, enseguida empezó a dar rienda suelta a sus caprichos. Las peonías florecidas en el jardín, donde dormitaban los pavos reales; el faquir que hizo llamar desde la India para que tragara espadas... Todo exactamente igual que antaño.

Y todo es todo, porque apenas transcurrieron tres años, aquella inmensa cantidad de oro para llenar un carro terminó otra vez por agotarse.

3

—¿En qué piensas?

El anciano tuerto se presentó por tercera vez ante Toshishun y volvió a preguntarle lo mismo. Como era de esperar, Toshishun estaba en aquel momento ensimismado en la contemplación de la luna creciente, cuya luz desgarraba una fina capa de bruma.

—¿Yo? No tengo dónde dormir esta noche, así que estoy pensando qué voy a hacer.

—Vaya, lo lamento. En ese caso, te mostraré algo que será de tu agrado. Colócate ahí, a la luz del crepúsculo. Allá donde quede proyectada la sombra de tu vientre, cava un hoyo esta noche. Justo ahí tiene que haber enterrado...

Toshishun levantó la mano para interrumpir al anciano.

—Basta, no necesito dinero.

—¿Ya no necesitas dinero? Vaya, así que al fin te has cansado de entregarte a una vida llena de lujos.

El anciano, con mirada suspicaz, escrutó el rostro de Toshishun.

—No, no es que aborrezca los lujos. De lo que me he cansado es de las personas —respondió Toshishun bruscamente con aire insatisfecho.

—Interesante... ¿Y a qué se debe que hayas perdido el aprecio por la gente?

—Son todos unos hipócritas. En cuanto me volví rico, todos se volcaron en cumplidos y adulaciones, pero mire ahora que soy pobre. No me dirigen ni una mera sonrisa de cortesía. Si lo pienso, tengo la sensación de que no va a cambiar absolutamente nada por mucho que vuelva a ser rico otra vez.

El anciano, al escuchar las palabras de Toshishun, sonrió con aire de suficiencia.

—Oh, ya veo. Para ser un hombre tan joven gozas de un profundo entendimiento. ¿Piensas, entonces, llevar una vida sin cargas materiales a partir de ahora, aunque eso suponga permanecer en la pobreza?

Toshishun vaciló un instante, pero recuperando enseguida la confianza en sí mismo, alzó la mirada y se dirigió al anciano con cierto aire de súplica.

—Creo que en mi estado actual no sería capaz de hacerlo yo solo, pero si me acepta usted como discípulo y me instruye en las artes mágicas del anacoreta... No, no hace falta que me lo esconda. Sin duda es usted uno de los inmortales taoístas. Si no, cómo podría explicarse esa capacidad que tiene de convertirme en una persona rica de la noche a la mañana. Le ruego que sea usted mi maestro y que me enseñe a usar los poderes sobrenaturales de los inmortales.

El anciano, frunciendo el ceño, permaneció un momento en silencio, con aire pensativo. Al cabo de unos minutos, volvió a esbozar una sonrisa.

—Estás en lo correcto, soy un anacoreta. Mi nombre es Tekkanshi y el monte Gabi es mi morada. Cuando me fijé en ti por primera vez, me pareciste una persona de buen entendimiento, por eso te hice rico hasta dos veces. Si realmente quieres convertirte en un inmortal, te aceptaré como discípulo —dijo el anciano.

Toshishun desbordaba de felicidad. Antes incluso de que el anciano terminara de hablar, se había postrado de rodillas con la frente tocando el suelo para hacerle reverencias a Tekkanshi.

—No, no. No es necesario que me lo agradezcas. Aunque te acepte como discípulo, depende de ti y solo de ti que te conviertas en un honorable anacoreta. Por el momento, lo mejor será que te vengas conmigo; nos adentraremos en los profundos valles del monte Gabi... ¡Vaya! ¡Fíjate qué suerte! Alguien ha dejado aquí tirado un bastón de bambú. No perdamos más tiempo. Subamos en él y crucemos los aires hasta nuestro destino.

Tekkanshi recogió del suelo el tronco de bambú, todavía verde, y, mientras farfullaba entre dientes un encantamiento, se subieron como si montaran un caballo, él delante y Toshishun detrás. Entonces sucedió lo imposible. Como si se tratara de un dragón, el bastón de bambú tomó impulso a gran velocidad, se elevó hacia lo alto y voló en dirección al monte Gabi, atravesando el cielo nocturno de aquella noche clara de primavera.

Toshishun, estupefacto, observó temeroso hacia abajo, donde solo se distinguía el verdor de las montañas bañadas por la luz del crepúsculo. Buscó, sin éxito, la puerta oeste de Luoyang, disimulada bajo la bruma. Al poco rato, Tekkanshi, con su melena plateada al viento, se puso a recitar una canción a voz en cuello.

De asueto por la mañana en los mares del norte
y en el monte Sogo por la noche.
Con una serpiente en el reverso de la manga
demostrando mi osadía.
Tres veces he estado en la ciudad de Gakuyo[4]
y nadie me reconocía.
Y ahora cruzo los cielos sobre el lago Dotei[5]
mientras entono esta melodía.

4

El bambú que los transportaba inició su descenso hacia el monte Gabi.

Junto a la profundidad del valle asomaba un peñasco inmenso, de una altura tan extraordinaria que las estrellas de la Osa Mayor se veían en mitad del cielo del mismo tamaño que un cuenco. Se trataba de una montaña inaccesible, en cuyos alrededores reinaba el silencio. Solo se escuchaba el

4 Nombre japonés de la ciudad de Yueyang.

5 Dongting en chino. Lago en las cercanías de Yueyang transformado en lugar común en el arte y la literatura de tradición china.

rumor del viento nocturno agitando las ramas retorcidas de un pino que arraigaba al borde del precipicio.

Tras alcanzar la roca, Tekkanshi le pidió a Toshishun que se sentara al borde del acantilado para después decirle:

—Ahora yo debo acercarme un momento al reino celestial para encontrarme con La Reina Madre del Oeste[6]. Entretanto, espera aquí sentado. Lo más probable es que aprovechando mi ausencia se te aparezca algún que otro ente diabólico que tratará de jugarte una mala pasada. En ese caso, pase lo que pase, ni se te ocurra pronunciar palabra alguna. Hazte a la idea de que si no eres capaz de permanecer callado, no serás digno de convertirte en un inmortal. ¿Te queda claro? Debes mantener la boca cerrada, aunque se quiebre la tierra misma.

—Comprendo. No abriré la boca por nada del mundo. Aunque me vaya la vida en ello, me mantendré en silencio.

—Bien, bien. Oyéndotelo decir me quedo más tranquilo. Así pues, yo me marcho.

Tras despedirse de Toshishun, el anciano montó de nuevo sobre el bastón de bambú y voló derecho hacia los cielos, perdiéndose entre los picos recortados por el halo de la noche.

Toshishun se quedó solo, sentado en la cima del peñasco, observando en silencio las estrellas. Así transcurrió una media hora hasta que, de repente, cuando el frío del

---

6 Seiōbo en japonés, conocida en chino como Xiwangmu. Se trata de una diosa de la mitología china asimilada por el taoísmo. En ocasiones se la relaciona con el dios Dongwanggong, el Rey del Este, con quien compartiría la supervisión de los inmortales o seres iluminados del taoísmo, como es el caso del anacoreta de este cuento.

viento nocturno que soplaba del fondo del valle comenzaba ya a traspasar sus ligeros ropajes, se escuchó una voz perdida en el aire:

—¿Quién anda ahí? —gruñó la voz.

Toshishun, tal y como le había aconsejado el ermitaño, no respondió. Poco después, la voz se escuchó de nuevo:

—¡Si no respondes ahora mismo, eres hombre muerto! —amenazó severamente.

Pero Toshishun, por supuesto, continuó callado.

Surgió entonces de la nada un tigre de ojos brillantes que se plantó de un salto en lo alto del peñasco, soltando un rugido y clavando su mirada en Toshishun. Al mismo tiempo, sobre la cabeza del tigre, una de las ramas del pino se agitó bruscamente. Pero no, no era una rama, sino una serpiente albina del tamaño de un tonel de cuatro *to*[7] que, desde lo alto de la roca que quedaba a espaldas de Toshishun, se iba acercando poco a poco, siseando con su lengua en forma de llama.

Toshishun mantuvo la calma y permaneció sentado, sin mover siquiera las cejas.

El tigre y la serpiente, concentrados ambos en la misma presa, estaban pendientes el uno del otro a ver quién atacaba primero, pero finalmente saltaron a la vez sobre Toshishun. Si no lo apresaban los colmillos del tigre, serían las fauces de la serpiente; en un abrir y cerrar de ojos Toshishun perdería su vida de un mordisco. Sin embargo, tanto el tigre como la serpiente se desvanecieron de golpe como la niebla entre la brisa nocturna y quedó solamente el

---

7 Tonel equivalente a 72 litros.

susurro del pino sobre el acantilado, igual que antes de que aparecieran. Toshishun suspiró aliviado, atento ya a lo que pudiera suceder a continuación.

Al punto se levantó una ráfaga de viento y se formó un cúmulo de nubes negruzcas como la tinta; una oscuridad que de repente quedó partida en dos por un relámpago ligeramente púrpura, al que luego siguió la tremenda explosión de un trueno. Pero no, aquello no fue solamente el retumbar de un trueno. Se oyó también el repiquetear de un aguacero, tan intenso como el de una cascada. Toshishun, a pesar de los caprichos del clima, continuó sentado sin inmutarse. El rugido del viento, la lluvia desbordante, la luz inalterable de los relámpagos... Tuvo la sensación de que incluso una montaña tan recia como el monte Gabi iba a desmoronarse de un momento a otro. Al cabo, retumbó otro trueno tremebundo, capaz de perforar los oídos, y desde lo alto del cúmulo de nubes negras que giraba en el cielo como un remolino, cayó una columna de fuego rojizo que fue directa a la cabeza de Toshishun.

Toshishun, en un acto reflejo, se tapó los oídos con las manos y se arrojó al suelo sobre la roca. Pero cuando abrió los ojos, el cielo estaba tan despejado como antes y las estrellas de la Osa Mayor brillaban con su tamaño habitual de cuenco, por encima de las montañas que se erguían en el horizonte. Al parecer, aquella fuerte tormenta, igual que el tigre y la serpiente, no había sido más que la fechoría de algún espíritu maligno que había aprovechado la ausencia de Tekkanshi. Ahora más tranquilo, Toshishun se enjugó el sudor de la frente y recuperó su posición sobre la roca.

Pero no había terminado aún de suspirar aliviado cuando se presentó frente a él un Gran General de los Cielos[8] de aspecto solemne, vestido con armadura de oro, y cuyo cuerpo debía de medir como mínimo el de tres hombres juntos. La divinidad blandía un tridente que apuntó amenazante hacia el pecho de Toshishun.

—¡Maldito! ¿Quién diablos eres? Esta montaña, el monte Gabi, ha sido mi morada desde el principio de los tiempos. ¡Si aun sabiéndolo te has atrevido a poner aquí los pies tú solo, será porque no eres un humano corriente! ¡Venga! Si acaso aprecias en algo tu vida, ¡responde! —gritó enfurecido y con los ojos hinchados de rabia.

Toshishun, cumpliendo al pie de la letra las palabras del anciano, mantuvo la boca cerrada.

—¿No piensas contestarme?... Vaya, veo que no... Pues bien... En ese caso, tú te lo has buscado. Haré que mis vasallos te corten en pedazos.

El general enarboló su tridente, dirigiendo una señal hacia el cielo sobre las montañas. Al instante, la oscuridad se desgarró y de ella brotaron infinidad de guerreros celestiales que se esparcieron por el cielo en posición de ataque, con el brillo de sus alabardas y katanas reluciendo en avalancha.

Al presenciar tal escena, Toshishun estuvo a punto de soltar un grito, pero recordó a tiempo las palabras de Tekkanshi y consiguió permanecer en silencio. El Gran General de los Cielos, viendo que Toshishun no se amedrentaba, entró en cólera.

---

8 Uno de los doce generales celestiales o *yaksha*, divinidades protectoras del budismo.

—¡Maldito testarudo! Te he avisado. Si te empeñas en mantenerte en silencio, acabaré con tu vida.

Tan pronto como espetó sus amenazas, el general esgrimió su tridente, atravesando a Toshishun de una lanzada. Luego estalló en carcajadas, tan intensas que hicieron retumbar el monte entero, y desapareció. Para entonces, se habían esfumado igualmente la horda de guerreros y el silbido del viento nocturno, como si todo no hubiera sido más que un sueño.

La Osa Mayor iluminó con su fría luz lo alto del peñasco. Las ramas del pino susurraban al borde del precipicio igual que hacían antes, sin cambio alguno. No obstante, Toshishun yacía ahora tendido boca arriba y sin aliento.

5

El cuerpo de Toshishun yacía sobre la roca, pero su alma se había desprendido silenciosamente de su cuerpo para iniciar el descenso a los infiernos.

Entre este mundo y los infiernos se encuentra el Camino de la Gruta Tenebrosa[9], una senda que permanece sumida en las tinieblas todo el año y donde soplan ráfagas heladas de vientos devastadores. Toshishun, a la merced de esos vientos, flotó durante un tiempo por los aires como si fuera la hoja de un árbol, hasta que fue arrastrado hasta la entrada de un

9 En japonés Anketsudō.

palacio esplendoroso en cuyo frontispicio colgaba un cartel que decía «Vestíbulo del Bosque sin Retorno»[10].

Frente al palacio se apostaba una multitud de demonios. Percatándose de la presencia de Toshishun, enseguida lo rodearon y lo forzaron a sentarse sobre las escalinatas del vestíbulo. En lo alto de las escalinatas, un rey vestido con ropajes negros y corona de oro observaba la escena con actitud severa. Se trataba ni más ni menos que del gran rey Enma, de quien tanto se rumoreaba. Toshishun, mientras se preguntaba qué sucedería a continuación, visiblemente abrumado, se postró ante el monarca.

—A ver, ¿y tú qué diablos hacías sentado en la cima del monte Gabi?

La voz de Enma retumbó como un trueno desde lo alto de la escalinata. Toshishun estuvo a punto de contestar, pero al instante recordó las palabras de advertencia de Tekkanshi: «Pase lo que pase, ni se te ocurra pronunciar palabra alguna». Así que agachó la cabeza y permaneció en silencio como si fuera mudo. Al ver su reacción, Enma alzó el cetro de hierro que llevaba en la mano y, mientras su barba se erizaba de rabia, espetó con actitud amenazante:

—¿Dónde te crees que estás? Si vas a responder, responde ya, o de lo contrario te envío directo a los infiernos para que conozcas la tortura.

---

10 En japonés Shinraden. Se trata del palacio donde Enma, el juez del inframundo, juzga a los condenados. Los ideogramas, leídos literalmente, significarían «bosque-tela de seda-vestíbulo», pero se trata posiblemente de una mera adaptación fonética en el paso del sánscrito al chino, como sucede con muchas palabras de origen budista.

Firme en su actitud, a Toshishun ni siquiera le temblaron los labios. Viendo lo cual, Enma, airado y sin ganas de perder más tiempo, ordenó a sus demonios que agarraran a Toshishun y se lo llevaran. Así lo hicieron, para luego remontar el vuelo sobre el cielo del palacio.

En los infiernos, como es bien sabido por todos, además del Monte de Espadas y de la Laguna de Sangre, existe un valle envuelto en llamas denominado Infierno de las Llamas Ardientes y el mar de hielo conocido como el Infierno Gélido; lugares, todos ellos, situados bajo un cielo en tinieblas perpetuas. En cada uno de aquellos infiernos, a cada cual más cruel, los demonios arrojaron sucesivamente a Toshishun: su pecho fue perforado por espadas, su rostro abrasado por las llamas, su lengua arrancada, fue despellejado, le trituraron los huesos con una maza de hierro, lo hirvieron en una caldera de aceite, su cerebro fue sorbido por serpientes venenosas, sus ojos fueron pasto de halcones... Recibió tal cantidad de torturas que sería imposible enumerarlas una a una... Sufrió todos los tormentos habidos y por haber. Aun así, Toshishun se mantuvo firme y, apretando los dientes, consiguió permanecer en silencio.

Los demonios no daban crédito a su perseverancia, así que decidieron llevarlo de vuelta al «Vestíbulo del Bosque sin Retorno», volando de nuevo a través de aquel cielo de noche perpetua. Una vez allí arrojaron a Toshishun sobre uno de los peldaños de la escalinata y pusieron a Enma al corriente de lo sucedido:

—No hay manera de que este condenado suelte prenda.

Enma, frunciendo el ceño, se hundió un instante en consideraciones, hasta que tuvo una ocurrencia.

—Si no me equivoco, los padres de este muchacho fueron arrojados al mundo de las bestias[11]... ¡Traédmelos! ¡Rápido! —ordenó a uno de sus acólitos.

El demonio, sin perder un instante, aprovechó el impulso del viento y se perdió volando a través del cielo de los infiernos. Y no había desaparecido aún cuando ya se lo veía de vuelta, arrastrando un par de caballos y dejando tras de sí una estela como si se tratase de un cometa. Al punto, descendió de nuevo hasta las puertas del «Vestíbulo del Bosque sin Retorno» con los animales.

—¡A ver ahora si te andas con tapujos! O confiesas por qué estabas sentado sobre la cima del monte Gabi o esta vez infligiré dolor a tus padres.

Pero ni siquiera semejantes amenazas consiguieron que Toshishun respondiera.

—¿Piensas deshonrar a tus progenitores? Así que no te importa que sufran con tal de seguir en tus trece, ¿verdad?

Enma gritó con una voz tan ensordecedora que a punto estuvo de desmoronarse el «Vestíbulo del Bosque sin Retorno».

—¡Demonios! ¡Golpeadlos! ¡Haced picadillo a esas bestias! ¡Machacadles hasta el último hueso!

«¡Hum!», exclamaron los demonios al unísono en respuesta a su señor, tras lo cual enarbolaron sus látigos de hierro y se abalanzaron hacia los caballos desde todas direcciones para golpearlos sin miramientos. Los latigazos, cayendo sobre los animales en una lluvia incontrolable, cortaban el aire con sus chasquidos y desgarraban la carne de

11 Uno de los mundos de la reencarnación budista.

los caballos... Los padres de Toshishun, convertidos en bestias, con lágrimas de sangre asomando por los ojos, retorcían sus cuerpos entre relinchos de dolor, en un espectáculo insoportable.

—¿Y ahora qué? ¿Todavía te niegas a soltar prenda?

Enma ordenó a los demonios que se detuvieran para así presionar de nuevo a Toshishun a que diera una respuesta. Para entonces los caballos yacían ya en el suelo, con la carne desgarrada y los huesos machacados, respirando a duras penas.

Toshishun, cerrando los ojos con fuerza, trataba de concentrarse desesperadamente en las palabras de Tekkanshi, cuando de repente escuchó una leve vocecita junto al oído; tan débil que apenas semejaba una voz.

—No te preocupes. No importa lo que nos suceda a nosotros si con ello tú logras hallar la felicidad. No hay nada que a nosotros nos haga más felices que eso. Diga lo que diga el gran rey, no pronuncies palabra alguna si ese es tu deseo.

Aquella voz le trajo recuerdos. Se trataba, podía estar seguro, de la voz de su madre. Abrió los ojos y vio que uno de los caballos, sin fuerzas para poder levantarse, lo miraba fijamente desde el suelo con los ojos inundados de tristeza. En mitad de tanta aflicción, su madre seguía pensando únicamente en el bien de su hijo y ni siquiera parecía guardar rencor hacia los demonios que la atizaban con el látigo. Tal era su bondad que Toshishun se sintió muy agradecido, sobre todo al pensar en el trato que había recibido de otra gente hasta ese día: adulado cuando rico e ignorado cuando pobre. La determinación de su madre era digna de admiración. Aquello provocó que Toshishun olvidara las palabras de advertencia del anciano y que arrancara a correr, tropezando por el camino, para dejarse caer junto al caballo, que yacía agonizante. Abrazó al animal por el cuello y con los ojos anegados en lágrimas exclamó:

—¡Madre!

6

Antes de percatarse de lo que había hecho, Toshishun se encontró a sí mismo parado bajo el pórtico oeste de Luoyang, abstraído, con su figura bañada por la luz del crepúsculo. El cielo brumoso, la luna creciente y blanquecina, el ir y venir incesante de personas y carros... Todo estaba exactamente igual que antes de que partiera hacia el monte Gabi.

—No sé, no sé. Si bien te he aceptado como discípulo, no parece que puedas llegar a ser un inmortal —comentó el anciano tuerto esbozando una sonrisa.

—No, no puedo, tiene usted razón. Pero ni puedo, ni quiero. Me alegro de haber fracasado en el intento.

Toshishun, con lágrimas todavía en los ojos, reaccionó estrechando las manos del anciano entre las suyas.

—Por mucho que se me prometiera ser un inmortal, no podía callar viendo a mis padres recibir aquellos latigazos frente al «Vestíbulo del Bosque sin Retorno» en los infiernos.

—Si hubieras permanecido en silencio... —Clavando su mirada en Toshishun, la expresión en el rostro de Tekkanshi se volvió más severa—. Si hubieras permanecido en silencio, la verdad es que habría puesto fin a tu vida inmediatamente.

No creo que desees realmente convertirte en un anacoreta inmortal. En cuanto a lo de ser rico, por lo visto parecías aborrecerlo desde el principio. Así pues, ¿qué vas a hacer de ahora en adelante?

—Haga lo que haga, pienso llevar una vida sencilla y honesta.

Las palabras de Toshishun estaban teñidas de un matiz de alegría que hubiera sido impensable en él con anterioridad a todo lo ocurrido.

—No olvides nunca tus propias palabras. En cuanto a mí, esta será la última vez que me veas.

Tekkanshi había echado a andar incluso antes de terminar la frase. De repente, detuvo el paso y, volviéndose hacia Toshishun, añadió con regocijo:

—¡Ah! Casi lo olvido... Resulta que soy propietario de una casa al pie del monte Taizan[12], en la ladera sur. Te la regalo, con el huerto incluido, así que puedes irte a vivir allí de inmediato si así lo deseas. Por estas fechas, los melocotoneros de los alrededores deben de estar ya en plena floración[13].

Junio del año 9 de la Era Taisho (1920)

---

12 Tai Shan en chino.

13 El final da un vuelco inesperado si se tiene en cuenta que el melocotón es, según la mitología china, el fruto de la inmortalidad.

LA DISPUTA ENTRE EL MONO Y EL CANGREJO

El mono que le robó una bola de arroz al cangrejo sufrió la venganza de este último. El cangrejo, ayudado por un mortero, una abeja y un huevo, mató al mono, su enemigo mortal —es esta una historia de la que no hace falta contar más—. Ahora bien, sí es necesario contar cuál fue el destino del cangrejo, así como el de sus compañeros, después de haber terminado con la vida del mono. Y es necesario contarlo porque eso es algo que las fábulas no cuentan.

Y si no lo cuentan es porque asumen que terminaron sus días apaciblemente sin ningún contratiempo: el cangrejo en un agujero, el mortero en un rincón del suelo de la cocina, la abeja en un nido de abejas bajo el alero de una casa y el huevo en la caja de las cáscaras de arroz.

Sin embargo, eso es falso. Después de vengarse, fueron arrestados por la policía y arrojados a la celda de una cárcel. Posteriormente, tras varios juicios, el cangrejo fue condenado a pena de muerte como cerebro del crimen. A los demás, en su condición de cómplices, los condenaron a cadena perpetua y los enviaron a una isla para hacer trabajos forzados. Es posible que aquellos que únicamente conozcan la fábula duden de lo que digo, pero esa es la verdad. Una verdad sin ninguna sombra de duda.

Según declaración del propio cangrejo, el mono y él se habían intercambiado un caqui y una bola de arroz. Pero el mono, aprovechándose de él, le entregó un caqui verde en vez de uno maduro, y para colmo se burló del cangrejo arrojándole caquis desde un árbol. No obstante, entre el cangrejo y el mono no había ningún documento que certificara aquel intercambio. Y aunque se obviara tal detalle, el hecho de que decidieran intercambiar una bola de arroz y un caqui tampoco implicaba que el caqui tuviera que estar maduro. Finalmente, tampoco había pruebas suficientes para demostrar que el mono tenía mala intención cuando le arrojó caquis verdes al cangrejo.

Por todo esto, el abogado que defendió al cangrejo —el mismísimo abogado Fulanito, famoso por su gran elocuencia— no encontró otra salida más que apelar a la misericordia de los jueces. El abogado, sintiendo lástima por el cangrejo, mientras le secaba la espumilla de la boca, le dijo: «Resígnate». A qué se refiriera aquel «resígnate», si a resignarse a la pena de muerte o si a resignarse a que el abogado le cobrara una cantidad abusiva de dinero, eso es algo que nadie fue capaz de sacar en claro.

Por si fuera poco, en el debate que se generó en periódicos y revistas no hubo absolutamente nadie que mostrara simpatía por el cangrejo. Según la opinión pública, el cangrejo había asesinado al mono por pura envidia. ¿Acaso el cangrejo no estaba simplemente indignado porque el mono se había aprovechado de su ignorancia y de su imprudencia? Además, en un mundo en el que prima la supervivencia del más fuerte, dejarse llevar por rencillas personales es de insensatos, cuando no de locos. Por otra parte, un personaje como el barón Fulano, presidente de la Cámara de Comercio, sumándose a las opiniones anteriores, espoleó las críticas cuando se mostró preocupado por la posibilidad de que el asesinato del mono a manos del cangrejo estuviera en cierto modo conectado con la divulgación de ciertos pensamientos peligrosos. Así pues, no es de extrañar que precisamente después de la venganza llevada a cabo por el cangrejo el barón Fulano contratara a unos cuantos matones como guardaespaldas, además de haber adquirido una decena de bulldogs.

El ajuste de cuentas del cangrejo tampoco tuvo una recepción muy favorable, que digamos, entre los intelectuales. Según el catedrático Mengano, siendo el asesinato del mono por parte del cangrejo un acto motivado por la venganza, desde la perspectiva de la filosofía moral no tenía en absoluto justificación. Por su parte, el líder socialista Zutano opinaba que el hecho de que el cangrejo, así como sus amigos el mortero, la abeja y el huevo, fueran afines a la propiedad privada, aun si fuera esta un caqui o una bola de arroz, los convertía en reaccionarios y que era más que probable que hubieran tenido el apoyo de los ultranacionalistas. Luego estaba el caso del líder espiritual de cierta secta, Perengano, quien era de la opinión de que el cangrejo carecía de la misericordia de Buda, puesto que si hubiera conocido la misericordia de Buda, por mucho que el mono le arrojara caquis verdes, no hubiera sentido rencor por aquella fechoría, sino que, por el contrario, hubiera sentido más bien lástima por el mono. «¡Ay!», se lamentó, «Si al menos hubiera tenido el pobre cangrejo la oportunidad de escuchar antes mis sermones». Y así surgieron una tras otra las voces críticas por parte de todo tipo de expertos, no habiendo ninguna que no desaprobara la acción del cangrejo. Solo uno de entre aquellos individuos se mostró partidario del cangrejo: el miembro de la Dieta Nacional Fulanito, bebedor empedernido y poeta. El congresista decía que el acto de venganza del cangrejo se correspondía con el espíritu propio de la vía del samurái. Con todo, no se le prestó mucha atención por estar su opinión un poco anticuada. Además, según los chismorreos de cierto periódico, algunos años antes, durante una visita al zoológico, el mono había rociado con orines al congresista, por lo que era obvio que le guardaba rencor.

Es posible que aquellos lectores que no conocen más que la fábula terminen derramando lágrimas de compasión por el trágico destino del cangrejo, pero era lógico que el cangrejo muriera. Lamentarse de ello no es más que una muestra de sentimentalismo, algo más propio de niñatos y señoritas. El cangrejo fue sentenciado a muerte bajo la aprobación del Estado, así que la noche misma de la aplicación de la pena, tanto el juez como el fiscal, el abogado, el celador, el verdugo y el sacerdote, todos durmieron profundamente durante cuarenta y ocho horas seguidas. De hecho, parece que todos soñaron lo mismo: con las puertas del paraíso. Según ellos, el paraíso consistía en unos grandes almacenes que tenían el aspecto de un castillo de la época feudal.

Aprovechando la ocasión, quisiera describir aquí brevemente el destino que corrió la familia del cangrejo. La esposa del cangrejo se hizo prostituta. Todavía no se sabe a ciencia cierta si lo hizo por necesidad económica o por dar rienda suelta a sus impulsos sexuales. En cuanto al hijo primogénito del cangrejo, citando las palabras del periódico, «enmendó repentinamente su conducta». Se dice que ahora está a la cabeza de una correduría de bolsa o algo similar. Cierta vez, este cangrejo, con tal de comer carne de su propia especie, arrastró hasta su madriguera a un compañero suyo que estaba herido. De hecho, era este el cangrejo que puso como ejemplo Kropotkin en su teoría del apoyo mutuo. Por su parte, el segundo hijo se hizo novelista. Y obviamente, como tal, en realidad no parecía hacer otra cosa que enamorarse perdidamente de las mujeres. A no ser porque, inspirándose en la vida de su padre, se dedicaba también a la acumulación de cinismos y otros despropósitos del tipo «el bien no es más que otro nombre para el mal». El tercero de los hijos, como era tonto perdido, no llegó a nada más que a cangrejo. Un día, mientras iba caminando dando pasitos de costado, se encontró tirada una bola de arroz. Las bolas de arroz eran su comida preferida. Con sus pinzas recogió el inesperado trofeo. Entonces, desde las alturas de la copa de un árbol de caqui, un mono que estaba entretenido sacándose las pulgas... Bueno, no creo que sea necesario explicar la continuación.

En fin, la única realidad que aquí cabe constatar es que, tras su disputa con el mono, el cangrejo fue asesinado por el Estado. Queden así estas palabras como una elegía a los lectores del país. Sois también vosotros, en mayor o menor medida, cangrejos.

Febrero del año 12 de la Era Taisho (1923)

LA CIÉNAGA

Era la tarde de un día lluvioso. En una de las salas de una exposición de pintura descubrí un pequeño óleo. Quizás «descubrir» parezca un término exagerado, pero es en realidad muy apropiado teniendo en cuenta que era aquel el único cuadro colgado en un rincón mal iluminado, como olvidado a propósito; en un marco, además, realmente miserable. El cuadro se titulaba *La ciénaga* y el nombre del pintor no era en absoluto conocido. En el cuadro en sí mismo no se representaba más que agua embarrada, tierra húmeda y una espesura de hierbajos que sobresalían de la tierra. Así que no era de extrañar que los visitantes no le prestaran ninguna atención.

Lo que sí resultaba extraño era que el autor, aun habiendo pintado una vegetación exuberante, no hubiese usado ni una sola pincelada de color verde. Los carrizos, los álamos y las higueras estaban todos coloreados con un amarillo turbio. Un ocre pastoso como el de una pared de adobe mojada. ¿Acaso aquel pintor vería así en realidad el color de la vegetación? ¿O bien era aquel su color predilecto y lo exageraba a propósito? Plantado yo frente a aquel cuadro, al tiempo que gozaba de las sensaciones que provocaba en mí la pintura, no podía dejar de plantearme estas y otras cuestiones.

No obstante, a medida que lo observaba, fui captando poco a poco la terrible fuerza que había latente en la pintura. Especialmente la tierra en primer plano, pintada con una exactitud tal que tuve la sensación de estar pisándola; la sensación de estar metiendo el pie hasta el tobillo en el lodo viscoso con un sordo chapoteo. A través de aquel pequeño óleo imaginé la figura patética del artista tratando de captar con perspicacia la naturaleza. Entonces, como suele suceder en el caso de las grandes obras maestras, aquella ciénaga ocre llena de hierbajos me conmovió con su patetismo hasta dejarme extasiado. De hecho, de entre todos los cuadros grandes y pequeños que había colgados en aquella exposición, no vi ninguno que fuera digno de competir con la fuerza expresiva de aquella pintura.

—Parece estar usted muy interesado.

Notando unos golpecitos sobre el hombro al tiempo que me llegaban aquellas palabras, sentí como si el corazón, o quizás alguna otra cosa dentro de mí, se desmoronara. Me di la vuelta a ver.

—¿Qué le parece?

Hablando con un tono de indiferencia, un tipo me señalaba la pintura de la ciénaga con la barbilla recién afeitada. Vestía un traje marrón a la moda, era corpulento y se mostraba muy seguro de sí mismo. Trabajaba como crítico de arte en un periódico. Recordé haberlo visto antes una o dos veces y no me había causado buena impresión, así que le respondí de mala gana.

—Es una obra maestra.

—¿Una obra maestra? Vaya, qué curioso...

El reportero estalló en carcajadas. Sorprendidos por su risa, algunos visitantes que estaban cerca contemplando otros cuadros dirigieron hacia nosotros sus miradas al unísono, como si lo hubieran acordado previamente.

—Es curioso. En realidad este cuadro no pertenece a ningún miembro de la galería, pero como su autor estaba obsesionado con presentarlo aquí, los familiares del difunto pidieron permiso a los comisarios de la exposición y estos accedieron a que se colgara en un rincón.

—¿Los familiares del difunto? Entonces, ¿el pintor de este cuadro está muerto?

—Sí, está muerto. Aunque de hecho se podría decir que ya estaba muerto en vida.

Llegados a este punto, mi curiosidad se impuso sobre mi malestar.

—¿Por qué?

—Cuando pintó este cuadro, ya hacía tiempo que estaba loco.

—¿Estaba loco cuando lo pintó?

—Naturalmente. ¿Quién si no un loco iba a pintar un cuadro con semejantes colores? Que usted se sienta atraído por ese cuadro y opine que se trata de una obra maestra me parece muy curioso.

El reportero alzó la voz con arrogancia y se echó a reír. Debía de esperar que sintiera yo vergüenza de mi propia ignorancia. O bien, yendo un paso más allá, quizás pensara que me impresionaría con su superioridad a la hora de apreciar el cuadro. Sin embargo, sus expectativas fueron en vano. Mientras escuchaba su explicación, un sentimiento cercano a la solemnidad fue embargando mi espíritu por medio de un temblor inefable. Aterrado, fijé de nuevo mi mirada en aquella pintura de la ciénaga. Entonces, en el interior de aquel lienzo, descubrí de nuevo la figura de aquel artista lleno de patetismo, atormentado por la inquietud y el desasosiego.

—Por lo visto, enloqueció pintándolo; se volcó con fervor en un intento por plasmar lo que tenía en mente. En eso sí que se le puede dar el mérito.

El reportero sonrió descaradamente. Era aquel un artista anónimo; un pintor cuyo sacrificio vital suponía para uno de nosotros la única recompensa que lo redimía del mundo real. Me sentí estremecido hasta la médula y por tercera vez observé aquel óleo deprimente. El cielo sombrío y el agua, los carrizos, los álamos, las higueras, todos aquellos elementos del color de la arcilla húmeda presentaban esa vivacidad tremebunda que solo puede percibirse en la naturaleza misma.

—Es una obra maestra —le repetí al reportero con orgullo mientras lo miraba directamente a la cara.

Abril del año 8 de la Era Taisho (1919)

LA VENTANA

Al señor Sawaki Kozue[1]

La ventana de la segunda planta de mi casa quedaba justo enfrente de la ventana de la segunda planta de la casa de enfrente.

En la ventana de la segunda planta de la casa de enfrente había unas cuantas macetas de lirios y rosas perfectamente alineadas. Detrás, unas cortinas amarillentas y pesadas que solían estar corridas, por lo que todavía no había visto ni una sola vez al inquilino de aquel cuarto.

Junto a la ventana de la segunda planta de mi casa había un sillón destartalado. Me arrellanaba cada día en el sillón y me ponía a escuchar el ir y venir de la gente que pasaba por la calle.

Pensaba que en cualquier momento podría aparecer por mi casa algún visitante. En la puerta de mi casa había un timbre perfectamente instalado. En el preciso momento en el que el sonido placentero de ese timbre resonara con

1 Seudónimo de Sawaki Yomokichi (1886-1930), editor de la revista *Mita Bungaku* de la Universidad de Keio.

fuerza por toda la casa, yo me levantaría del sillón y me dirigiría hacia la puerta de entrada con los brazos abiertos para recibir a un inesperado visitante venido de un lugar lejano.

Eso imaginaba de vez en cuando mientras escuchaba absorto el ir y venir de la gente en la calle. Sin embargo, por mucho tiempo que pasara, nadie venía a visitarme. En el interior de mi cuarto, por única compañía no tenía más que el reflejo de mí mismo en el espejo.

Así fue durante mucho mucho tiempo.

Hasta que una noche, al mirar hacia la ventana del segundo piso de la casa de enfrente, tras las cortinas amarillentas, distinguí la figura de una mujer con aires de cortesana. Me pareció que era mestiza. Llevaba colorete en las mejillas, los ojos remarcados de negro, pendientes de oro y un kimono de seda. Al verme, me hizo una reverencia de cortesía mientras alzaba la mirada de forma insinuante.

Yo llevaba años sin encontrarme con nadie. Encerrado en mi cuarto, por única compañía no tenía más que el reflejo de mí mismo en el espejo. Por eso, cuando aquella mujer de la vida me hizo una reverencia, en vez de sentir desprecio por ella, me sentí obligado a devolverle un saludo silencioso con los ojos rebosantes de alegría.

Desde ese día, cada atardecer aparecía la mujer mestiza en la ventana de enfrente y, con vulgar coquetería, me dedicaba una reverencia insinuante. A veces incluso se asomaba y cortaba alguna de las rosas o lirios que había en las macetas para arrojarlos hacia mi ventana por encima de la calle.

Hasta que llegó un día en que me empecé a cansar de estar sentado en aquel sillón destartalado escuchando el ir y venir de la gente en la calle. Por mucho que esperara, era probable que no viniera nunca nadie a visitarme. Me dio la sensación de que llevaba demasiado tiempo teniendo por única compañía a mi propio reflejo en el espejo, así que decidí dejar de esperar a un visitante venido de lejos.

Desde aquel instante, me dediqué a devolverle el saludo a aquella mujer con aspecto de cortesana cada vez que ella me hacía una leve reverencia.

Algo que se prolongó durante largo largo tiempo.

Entonces un día me llegó una carta en la que el remitente me decía que había venido a visitarme y que había llamado al timbre con insistencia, pero que como nadie respondía, se había visto obligado a renunciar a su visita. Aquella misma noche, salí al portal y, pisando las rosas y los lirios que me había lanzado la mujer mestiza, comprobé si el timbre funcionaba. Entonces descubrí que el cable del timbre estaba cortado, quizás porque se había oxidado o quizás porque alguien me quiso gastar una mala pasada. Sentí un gran peso en el pecho. Estaba seguro de que si no hubiera conocido a aquella mujer con aspecto de cortesana que habitaba tras las cortinas amarillentas, uno de esos visitantes que yo esperaba y esperaba hubiera conseguido hacer llegar hasta mis oídos el placentero sonido del timbre.

Regresé al segundo piso en absoluto silencio y me arrellané sobre el sillón junto a la ventana.

Al anochecer, en la ventana de la segunda planta de la casa de enfrente, apareció de nuevo la mujer vistiendo un kimono de seda y, con vulgar coquetería, me dedicó una reverencia insinuante. Pero esta vez yo no respondí a su saludo. Lo que hice fue quedarme observando la calle desierta y en penumbra, esperando la posibilidad de que un visitante venido de lejos se parara frente a la puerta de mi casa. Con la misma tristeza de antaño.

Febrero del año 8 de la Era Taisho (1919)

LA LEALTAD DE BISEI[1]

1 La expresión «la lealtad de Bisei» (*Bisei no shin*) ha quedado registrada en el lenguaje tradicional japonés como una metáfora del cumplimiento de las promesas. La historia original se remonta a las fuentes chinas de las *Memorias históricas* (entre 109 a. C. y 91 a. C.) y del Zhuangzi (476 a. C.-221 a. C.).

Bisei permanecía de pie bajo el puente esperando desde hacía rato a que llegara una mujer.

Alzando la vista, en lo alto de la baranda de piedra cubierta parcialmente por flores de cundeamor, entreveía de vez en cuando las túnicas blancas de la gente que cruzaba; túnicas iluminadas por el brillo del sol poniente y con los faldones ligeramente agitados por la brisa.

Bisei se puso a silbar suavemente mientras observaba despreocupado el banco de lodo bajo el puente.

El banco de lodo ocre bajo el puente se extendía seis o siete metros hasta el agua. En la orilla, entre los juncos, asomaban algunos hoyos redondos, posiblemente madrigueras de cangrejos, y cada vez que la corriente los alcanzaba, se escuchaba un ligero borboteo. Pero la mujer no llegaba todavía.

Bisei, impacientándose, caminó hasta la orilla del agua y observó el cauce en calma de aquel río por el que no pasaba ninguna embarcación.

En mitad del río crecían los matojos de carrizos sin dejar apenas espacio entre la espesura, donde se alzaban las copas de algunos pocos sauces. La superficie del agua, en contraste con la anchura del cauce, era apenas un hilo. La corriente de agua cristalina, del tamaño de un cinto, zigzagueaba silenciosa entre los juncos, reflejando con brillos dorados la sombra de una nube que parecía estar hecha de mica. Pero la mujer no llegaba todavía.

Bisei bordeó la orilla y caminó por el banco de lodo, donde aguzó el oído, atento a la quietud de los alrededores que poco a poco se iban dorando de luz crepuscular.

El ir y venir de los transeúntes sobre el puente parecía haberse interrumpido. No se oían ya sus pasos, ni los cascos de los caballos, ni el traqueteo de las carretas. Solo el sonido del viento, el susurro de los juncos, el murmullo del agua... Y de repente el graznido inesperado de una garza real. Bisei se detuvo de golpe, descubriendo que el agua del río brillaba ahora más cerca de él sobre el lodo. Pero la mujer no llegaba todavía.

Bisei, frunciendo el ceño para aguzar la vista en la penumbra bajo el puente, aceleró el paso sobre el lodo. Mientras tanto, el agua del río, impulsada por la marea, avanzaba pulgada a pulgada, palmo a palmo, sobre el banco de lodo. Empezó a notar el tacto frío de las algas que remontaban la corriente y se enredaban en sus pies. Alzó la mirada hacia lo alto del puente y comprobó que la luz del crepúsculo se estaba apagando; ya solo se distinguía la sombra de la baranda de piedra, recortada contra el cielo azulado del anochecer. Pero la mujer no llegaba todavía.

Bisei permaneció de pie donde estaba.

El agua del río, mojándole los zapatos, se extendía ya profusamente bajo el puente, desprendiendo un brillo más frío que el del acero. Si no salía de allí cuanto antes, lo más probable era que la crecida cruenta del caudal lo terminase cubriendo por completo; primero las rodillas, luego el abdomen, luego el torso... El caudal del agua aumentaba por momentos y ambas piernas se hundían ya bajo la corriente. Pero la mujer no llegaba todavía.

Bisei, plantado en medio del agua, impulsado todavía por un ápice de esperanza, dirigió una y otra vez su mirada hacia lo alto del puente.

Sobre el agua, que le cubría ya el vientre, se cernía la vasta oscuridad de la noche; la bruma arrastraba hasta él el rumor melancólico de las hojas de los juncos y los sauces que infestaban el entorno. De repente, un pez que parecía un róbalo le rozó la nariz, para luego caer sobre el agua con su vientre blanco vuelto hacia arriba. En el cielo, hacia donde saltó el pez, brillaban las estrellas intensamente y la baranda por la que trepaban las flores de cundeamor se confundía ahora con la oscuridad de la noche. Pero la mujer no llegaba todavía.

* * *

A medianoche, con la luz de la luna derramándose sobre el cauce poblado de juncos y sauces, la corriente del agua y la brisa ligera, unidas en un susurro silencioso, arrastraron gentilmente hacia el mar, por debajo del puente, el cadáver de Bisei. Pero su alma, anhelando el triste brillo de la luna en su cenit, se desprendió del cadáver y se elevó hacia el cielo iluminado, remontando las alturas en silencio; de igual manera que el agua y las algas habían remontado el banco de lodo...

Algunos miles de años después, el alma de Bisei, tras pasar por la rueda de la reencarnación infinidad de veces, finalmente regresó a la vida en el mundo de los humanos. Y esa es el alma que habita hoy mi cuerpo. Por eso yo, aunque nací en el mundo contemporáneo, no sirvo para ningún trabajo de provecho. Me paso los días y las noches absorto en ensoñaciones mientras espero que ocurra alguna cosa extraordinaria que sé que tiene que llegar. Exactamente igual que aquel Bisei que bajo el puente del atardecer esperó eternamente a una amada que nunca llegaría.

Diciembre del año 8 de la Era Taisho (1919)

SUEÑO DE MIJO[1]

1 Adaptación del cuento chino *El mundo en una almohada* de Shen Jiji (618-907). Mantengo aquí la pronunciación japonesa del nombre de los personajes; no así la de las ciudades.

Rosei pensó que se estaba muriendo. Sus ojos se ofuscaron y las voces sollozantes de sus hijos y de sus nietos fueron desapareciendo en la distancia. Su cuerpo, como si en la punta de los pies tuviera amarrado un contrapeso, fue hundiéndose hacia abajo, hacia abajo... De repente, algo lo despertó de un sobresalto y abrió los ojos sorprendido. Junto a él seguía sentado Roo, el maestro taoísta. Al parecer, el mijo que cocía su anfitrión no estaba listo todavía. Rosei se reincorporó sobre su almohada de celadón para frotarse los ojos y dio un gran bostezo. Aquella tarde de otoño en Handan[1], a pesar de que los rayos de sol iluminaban las copas de los árboles desnudos, refrescaba.

—¿Estás despierto?

—Sí...

—¿Has soñado algo?

—Sí, he tenido un sueño.

—¿Y qué has soñado?

---

1 Ciudad china al sureste de la provincia de Hebei. En japonés se pronuncia Kantan y existe la expresión *Kantan no yume* (el sueño de Kantan) como metáfora de que «la gloria de este mundo no es más que un sueño pasajero».

—Un sueño increíblemente largo. Al principio me unía en matrimonio con una muchacha del clan Cui del condado de Qinghe[2]. Según recuerdo era una mujer muy recatada y hermosa. Al año siguiente pasé el examen para ser *jinshi*[3] y me convertí en alto funcionario con sede en Weinan[4]. Más tarde fui censor[5], ocupé el cargo de escriba en la Secretaría Central y en poco tiempo fui ascendido a gerente conjunto de los Asuntos de la Secretaría-Cancillería[6]. Sin embargo, fui falsamente acusado y estuve a punto de pagarlo con la muerte, de la que finalmente me libré para ser enviado, a

2 Actualmente Xingtai en la provincia de Hebei. La línea sucesoria masculina del clan Cui de Qinghe reclamaba pertenecer al linaje de la casa dominante durante la época conocida como el periodo de Primaveras y Otoños (entre el 722 a. C. y el 481 a. C.). Qinghe fue también el lugar de nacimiento de uno de los grandes héroes legendarios chinos, Wu Song, según aparece en la novela *A la orilla del agua* (siglo XIV), obra muy influyente en la literatura de épocas posteriores, tanto en la china como en la japonesa.

3 *Jinshi* era el título más alto entre los funcionarios de la corte imperial china. Se obtenía participando en los exámenes imperiales que tenían lugar en el palacio de la capital a la manera de oposiciones.

4 Ciudad-prefectura en la provincia de Shaanxi en la que fueron enterrados hasta diez emperadores de la dinastía Tang.

5 Literalmente «historiadores/escribas para la observación e investigación», se encargaban de cuestiones como recopilar las quejas de la gente, observar el trato a los prisioneros y denunciar la mala conducta o corrupción de los funcionarios.

6 Para este término utilizo la traducción de David Sevillano López en su artículo «Crisis y corrupción durante el reinado de la emperatriz Wu Zetian», en *Antesteria* 5, págs. 265-283.

cambio, a Huanzhou[7]. Allí llegué a pasar unos cinco o seis años. Pronto logré limpiar mi nombre y fui mandado llamar de vuelta para presidir la Secretaría, recibiendo por ello tierras en el reino de Yan[8]; pero para entonces yo ya era un anciano con cinco hijos y diez nietos.

—Y después de eso, ¿qué ocurría?

—Me moría. Tengo la sensación de que pasaba ya de los ochenta...

Roo se mesó la barba con actitud condescendiente.

—Veo que has experimentado el camino del favor y de la afrenta, pero también los azares de la miseria y del éxito[9]. Eso está muy bien. Vivir no es en absoluto distinto del sueño que has tenido. Espero que eso haya despertado en ti el entusiasmo y el apego a la vida. Bien mirado, la lógica del acopio y la pérdida, la inquietud por la vida y la muerte... todo eso es insignificante. ¿O acaso me equivoco?

Rosei escuchaba las palabras de Roo con cierta irritación, pero a medida que este avanzaba en su discurso, su rostro adolescente fue cambiando de expresión; entonces alzó hacia él sus ojos chispeantes diciendo:

—Si se trata de un sueño, más razón para vivirlo intensamente. Supongo que llegará un momento en que despertaré

7 Ciudad de Vietnam, en la provincia de Nghê An, antiguamente territorio ocupado por la China imperial.

8 Yan fue un reino de la temprana China imperial fundado durante el interregno entre las dinastías Qin y Han como uno de los Dieciocho Reinos creados por Xiang Yu.

9 Referencias al pensamiento taoísta. Ver especialmente el *Libro del Tao*, capítulos LVII (XIII) y VII (XLIV) en la versión de Iñaki Preciado Idoeta, Alfaguara, 1996.

también de este sueño, tal y como me sucedió en aquel otro. Hasta que llegue ese día quiero vivir con intensidad para así poder decir que realmente he vivido. ¿No cree usted?

Roo frunció el ceño y, sin asentir ni negar, no respondió a su pregunta.

Octubre del año 6 de la Era Taisho (1917)

MAGIA

Era una noche lluviosa de finales de otoño. El *rikisha* que me transportaba subía y bajaba por las empinadas cuestas del barrio de Ōmori, hasta que finalmente dejó caer sus varas frente a un pequeño edificio de estilo occidental rodeado por un bosquecillo de bambú. El conductor del *rikisha* iluminó con un farolillo la puerta de acceso al edificio, muy estrecha, cuyas paredes grises se veían desconchadas. Lo único nuevo que allí había era un pequeño letrero de porcelana con un nombre indio escrito en letras japonesas: MATIRAM MISHRA[1].

Habrá seguramente muchos entre ustedes que hayan oído hablar del señor Matiram Mishra. El señor Mishra es un patriota originario de Calcuta que durante largos años ha venido planeando la independencia de la India. Es, asimismo, y a pesar de su juventud, un mago de primera categoría que aprendió las artes secretas de Hassan Khan, un brahmán de renombre. Mi relación con el señor Mishra se inició hace apenas un mes, cuando un amigo mío nos

---

1 Akutagawa toma prestado el personaje de un relato de Tanizaki, *Las artes mágicas de Hassan Khan* (*Hassan Khan no Yojutsu*, 1917).

presentó. Desde entonces, hemos discutido sobre muchas cuestiones, entre ellas, de política y economía, pero hasta ahora no había tenido la oportunidad de presenciar una de sus sesiones de magia, su verdadera especialidad. Por eso aquella noche, después de haberle pedido por carta que me encantaría verlo ejerciendo el arte de la magia, me apresuraba en un *rikisha* hasta las afueras de Ōmori, el triste barrio donde moraba el señor Mishra por aquel entonces.

Empapado por la lluvia, me dejé guiar por la luz vacilante del farolillo que sostenía el conductor del *rikisha* y apreté el botón del timbre que descubrí debajo del letrero.

—¿Se encuentra en casa el señor Mishra?

—Sí. Lo estaba esperando a usted —me recibió de forma muy amable una anciana y luego, sin más demora, me condujo hasta los aposentos del señor Mishra al fondo del pasillo.

—Buenas noches. Veo que usted no se deja amedrentar por la lluvia —me saludó vivaracho el señor Mishra mientras enroscaba la mecha de una lámpara de queroseno colocada sobre la mesa. Sus ojos eran grandes, muy negros, y llevaba un bigote mullido.

—Si es por presenciar su magia, no hay lluvia que me detenga.

Tomé asiento en una silla y observé el interior de la estancia en penumbra; a la luz de la lámpara de queroseno, presentaba un aspecto lúgubre.

La estancia del señor Mishra, de estilo occidental, estaba decorada de forma sencilla. En el centro había una mesa; junto a la pared, una librería muy conveniente, y frente a la ventana, un escritorio. Aparte de esos muebles, nada más que las dos sillas donde nos sentábamos. Eso sí, tanto las sillas como el escritorio se veían desvencijados, mientras que el tapete de la mesa, bordado con un estampado de flores rojas muy vistosas, estaba deshilachado en los bordes y daba la impresión de que iba a descomponerse en cualquier momento.

Tras los saludos protocolarios, me quedé ensimismado escuchando el sonido de la lluvia que caía afuera entre el bambú. Me interrumpió la vieja sirvienta cuando traía los utensilios para el té. El señor Mishra abrió la tapa de una caja de puros.

—¿Le apetece uno? —me ofreció.

—Gracias.

Sin pensármelo dos veces, tomé un puro y prendí un fósforo.

—Si no recuerdo mal, usted utilizaba los servicios de un espíritu llamado Jin. En la magia que voy a presenciar hoy aquí, ¿recurrirá usted también a los poderes de ese tal Jin?

El señor Mishra encendió su puro mientras esbozaba una sonrisa irónica.

—El tal Jin es el espíritu de una persona que existió hace cientos de años. Digamos que durante la época de las mil y una noches. La magia que aprendí de Hassan Khan, también usted podría usarla si quisiera. No se trata en realidad más que de una versión mejorada de la técnica de la hipnosis... Observe. No hay más que mover la mano de este modo.

El señor Mishra alzó la mano y, frente a mis ojos, dibujó en el aire dos o tres veces una especie de triángulo. Entonces posó la mano sobre la mesa y del mantel recogió una de las flores rojas que había estampadas. Fue tal mi sorpresa que reaccioné arrastrando mi silla hasta él para fijarme bien en aquella flor; no cabía duda de que se trataba de una de las flores estampadas en el mantel. Pero por si aún dudara de ello, el señor Mishra me acercó la flor a la punta de la nariz, haciéndome sentir un fuerte olor a almizcle. Yo estaba tan asombrado que no podía dejar de expresar mi admiración. Entonces el señor Mishra, sin perder en ningún momento su sonrisa, dejó caer descuidadamente la flor sobre la mesa. Al contacto con el mantel, la flor volvió a ser igual que antes, un mero estampado; no solo era imposible recogerla con los dedos, sino que además no había ni un pétalo que se moviera.

—¿Qué opina? Parece imposible, ¿verdad? Observe ahora este quinqué —dijo el señor Mishra mientras recolocaba ligeramente la lámpara de queroseno sobre la mesa.

De repente, la lámpara empezó a girar sobre sí misma como si fuera un trompo. Sin moverse del sitio, la pantalla del quinqué giraba como un eje. Yo me había quedado petrificado. Temblaba ante la posibilidad de que aquello terminara en un terrible incendio. En cambio, el señor Mishra no daba muestras de preocupación y seguía tomándose su té con una calma absoluta. Al final yo también me relajé y observé absorto el movimiento del quinqué, que iba acelerando por momentos.

Al girar, la pantalla de cristal generó un viento en cuyo centro brillaba sin parpadeos una única llama amarilla. Era un fenómeno digno de ver, harto extraño, pero de una belleza indescriptible. Pasados unos instantes, la lámpara empezó a girar tan deprisa que la llama se fue volviendo transparente, hasta el punto de que ya apenas se veía. Entonces caí en la cuenta de que en algún que otro momento la pantalla había dejado de moverse, retomando el quinqué su posición sobre el tapete.

—¿Sorprendido? No es más que un truco para niños. Si lo desea, puedo mostrarle un truco más.

El señor Mishra se colocó de espaldas y se quedó mirando la librería junto a la pared. Extendió el brazo hacia ella e hizo un gesto de invitación con el dedo. Uno de los libros de la librería empezó a moverse y acto seguido atravesó el aire para venir a posarse sobre la mesa. Pero no en un vuelo cualquiera, sino que voló con las cubiertas abiertas, aleteando con sus páginas como si fuera uno de esos murciélagos que revolotean a la luz del crepúsculo durante el verano. Me quedé boquiabierto, con el puro haciendo equilibrios entre los labios. Entonces, en mitad de la penumbra creada por la luz de la lámpara, empezaron a volar los libros uno detrás de otro, con absoluta libertad, para luego ir posándose ordenadamente sobre la mesa, donde fueron formando una pirámide. Y cuando ya no quedaba ninguno en las estanterías, empezaron a moverse de nuevo sobre la mesa y, en el mismo orden en el que habían llegado, iniciaron su vuelo de regreso a la librería.

Pero lo más curioso de todo fue cuando un libro de encuadernación rústica remontó el vuelo con delicadeza y, extendiendo las cubiertas como si fueran alas, voló en círculos sobre la mesa durante un rato; tras lo cual, agitando sus alas frenéticamente, terminó cayendo en picado sobre mi regazo. Al tomarlo entre mis manos, me di cuenta de que se trataba de una novela francesa de reciente edición que justo una semana antes le había dejado prestada al señor Mishra.

—Gracias por el libro —me agradeció el señor Mishra conteniendo la risa.

Para entonces, la mayoría de los libros ya habían regresado volando desde la mesa hasta la librería. Sentí como si despertara de un sueño, por lo que tardé en reaccionar a las palabras del señor Mishra. Entonces recordé lo que me había dicho un rato antes: «también usted podría usarla si quisiera».

—¡Vaya! Había oído hablar maravillas de usted, pero a decir verdad no esperaba que su magia fuera tan extraordinaria. Por cierto, cuando me decía que cualquier persona, incluso yo, podría ser capaz de usar su magia, ¿lo decía usted de veras?

—Así es. Cualquiera podría hacer uso de ella sin grandes dificultades. Ahora bien... —empezó a decir el señor Mishra clavándome los ojos mientras su voz adquiría un tono más serio—... las personas codiciosas deben abstenerse. Para aprender las artes mágicas de Hassan Khan, es indispensable desprenderse de toda codicia. ¿Es usted capaz de eso?

—Creo que sí —respondí, pero enseguida me sentí inseguro, por lo que añadí algunas palabras—: Siempre y cuando pueda usted enseñarme las artes mágicas...

El señor Mishra se mostró suspicaz, pero debió de pensar que era descortés insistir en sus advertencias y asintió con un amplio gesto de cabeza.

—En ese caso, voy a enseñarle cómo hacer magia. Ahora bien, aunque no sea difícil de practicar, sí que es necesario dedicarle tiempo para aprenderla, por lo que mejor quédese usted aquí esta noche a dormir.

—Si no es inconveniente, se lo agradezco.

Dejándome llevar por la alegría de saber que iba a aprender aquella magia, expresé una y otra vez mi agradecimiento. No obstante, el señor Mishra se mostró indiferente ante mi actitud, se levantó de la silla con absoluta calma y llamó a la anciana:

—¡Anciana, anciana! Nuestro invitado pasará aquí la noche. Prepare una cama.

Mientras mi corazón latía con fuerza, olvidé sacudir la ceniza del puro y me quedé pasmado observando el rostro amable del señor Mishra que quedaba totalmente iluminado por la luz de la lámpara de queroseno.

* * *

Transcurrió un mes desde que el señor Mishra me enseñara sus artes mágicas. Era aquella también una noche de aguacero. En la sala de cierto club en el barrio de Ginza, al calor de la chimenea, estaba yo con cinco o seis amigos enfrascado en una conversación desenfadada.

En pleno centro de Tokio, el chapoteo de la lluvia al otro lado de la ventana no transmitía en absoluto aquel aire desolador de la lluvia que caía en Ōmori sobre el bosquecillo de bambú; quizás porque aquí el agua repiqueteaba con tenacidad sobre los techos de los automóviles y las cubiertas de las calesas.

Obviamente, la atmósfera animada del interior, con sus luminosas lámparas eléctricas, las grandes butacas forradas de cuero marroquí o el suelo de parqué perfectamente lustrado, no era comparable con la estancia del señor Mishra, donde daba la impresión de que en cualquier momento aparecería un espíritu.

Envueltos por el humo del tabaco, estábamos charlando sobre temas de caza y carreras de caballos cuando uno de mis amigos, arrojando su puro a medio terminar en el interior de la chimenea, se volvió hacia mí.

—Tengo entendido que eres capaz de hacer magia. ¿Por qué no nos deleitas esta noche con una pequeña demostración?

—Si así lo deseas... —le respondí con la arrogancia propia de un gran mago, sin despegar la cabeza del respaldo de la silla.

—Bien, te dejamos que elijas el truco; pero que sea algo fuera de lo común, algo que no pueda hacer un vulgar prestidigitador.

Todos se mostraron entusiasmados con la idea, acercaron sus sillas y se me quedaron mirando, como instándome a que empezara. Yo me levanté de la silla con parsimonia.

—Fijaos bien, porque mi magia no tiene truco. No escondo nada bajo la manga —dije, al tiempo que me desabrochaba los gemelos para arremangarme.

Entonces, como quien no quiere la cosa, agarré un trozo de carbón candente de la hoguera y me lo puse sobre la palma de la mano. Nada más ver eso, mis amigos, rodeándome, armaron un gran revuelo. Se miraron unos a otros y retrocedieron con muecas de aprensión, tratando de evitar acercarse demasiado, porque podían quemarse.

Cuando todas las miradas estuvieron de nuevo pendientes de la palma de mi mano, sobre la cual se iba consumiendo el fuego poco a poco, arrojé el carbón con fuerza contra el parqué, donde acabó desperdigándose. El sonido de la lluvia al otro lado de la ventana quedó solapado por el extraño chapoteo que tuvo lugar sobre el suelo. Los pedazos de carbón candente, al desprenderse de mi mano, se habían transformado en un puñado de hermosas monedas de oro que quedaron esparcidas por el suelo con un repiqueteo de lluvia.

Mis amigos se quedaron estupefactos, como si estuvieran inmersos en un sueño, hasta el punto de que olvidaron aplaudirme.

—Esto no es más que una pequeña muestra. —Sonreí complaciente mientras retomaba mi asiento.

—¿Son todas monedas de oro auténtico? —preguntó uno de mis amigos, que se había quedado anonadado. Habían pasado por lo menos cinco minutos desde el truco.

—No te quepa duda. Si no te lo crees, recoge una y compruébalo tú mismo.

—Ni hablar. No pienso arriesgarme a recibir una quemadura.

Fue otro de mis amigos quien terminó agachándose con cautela para recoger una de las monedas.

—¡Es cierto! Son monedas de oro. ¡Mozo! Trae una escoba y un recogedor y junta todas estas monedas.

El mozo, tal y como le ordenaron, barrió todas las monedas de oro que había en el suelo y luego las fue apilando sobre una mesa. Todos mis amigos rodearon aquella mesa.

—Debe de haber por lo menos doscientos mil yenes.

—Pues yo creo que habrá más. Si esta no fuera una mesa robusta, ya se habría quebrado.

—Sea como fuere, esa magia que has aprendido es increíble... Convertir al instante el carbón candente en monedas de oro...

—A este paso, en menos de una semana tendrás más dinero que esos ricachones de Iwasaki y Mitsui[2].

Con frases por el estilo se deshacían en elogios ante mis artes mágicas, pero yo permanecía impasible, recostado sobre el sillón mientras me fumaba un puro.

—No. Si ejerciera mi magia con fines codiciosos, no podría volver a practicarla nunca más. Así que todas estas monedas, en cuanto terminéis de admirarlas, pienso arrojarlas de nuevo al brasero.

Escuchándome decir eso, todos mis amigos se pronunciaron en contra, como si lo hubieran hablado de antemano. Opinaban que era un desperdicio devolver a las cenizas toda aquella cantidad de dinero. Pero yo se lo había prometido al señor Mishra, así que discutí acaloradamente con ellos para hacerles entender que, dijeran lo que dijeran, yo estaba dispuesto a arrojarlas al fuego. Entonces, el que tenía más fama de astuto de entre todos ellos, se echó a reír con aire desdeñoso.

—Pareces empeñado en reconvertir esas monedas de oro en carbón. Nosotros, en cambio, no queremos que lo

---

2 Iwasaki Yatarō (1835-1885), fundador de Mitsubishi. Mitsui, más que a una persona en particular, debe referirse al grupo Mitsui, fundado en el periodo Edo por Mitsui Takatoshi (1622-1694). Tanto Mitsubishi como Mitsui se consolidan en la Era Meiji como dos de los cuatro grandes *zaibatsu* (conglomerados de empresas controladas bajo el monopolio de una familia) que dominan y contribuyen a fortalecer la economía del Japón imperialista. Los otros dos serían Sumitomo y Yasuda, siendo este último disuelto tras la guerra y de cuya familia desciende la artista Yoko Ono.

hagas, así que por mucho que discutamos no vamos a sacar nada en claro. Lo que yo propongo es que nos las juguemos a las cartas. Si ganas tú, puedes reconvertirlas en carbón o hacer lo que se te antoje con ellas. Pero si ganamos nosotros, las dejas tal y como están y nos las entregas. Así no habrá queja que valga y todos quedaremos satisfechos, ¿no te parece?

Yo negué con la cabeza, haciéndole entender que no estaba de acuerdo con su propuesta. Entonces mi amigo, esbozando una sonrisa burlona, observó un instante la montaña de monedas sobre la mesa y luego me miró con malicia.

—Si no quieres apostar con nosotros a las cartas, será porque en realidad no quieres que te quitemos tus monedas. En ese caso, tu determinación por desprenderte de toda codicia con tal de poder ejercer esa magia se vuelve un poco sospechosa, ¿no crees?

—No, no os confundáis. Si reconvierto las monedas en carbón no es porque no quiera dároslas a vosotros.

—¡Entonces juguémonoslas a las cartas!

Tras un constante tira y afloja, al final cedí a las palabras de mi amigo, resignándome a tener que jugarme a las cartas aquellas monedas amontonadas sobre la mesa. Como era de esperar, mis amigos se pusieron todos muy contentos y no tardaron en hacerse con una baraja. Sin perder ni un instante, rodearon una de las mesas de juego situadas en un rincón de la sala y yo me acerqué hasta allí vacilando, exhortado por las prisas.

Así, dándome por vencido, me puse a jugar a las cartas contra mis amigos, aunque a desgana. Ahora bien, inexplicablemente, fui ganando una mano tras otra. Parecía mentira, porque exceptuando aquella noche yo solía ser un jugador bastante mediocre. Para colmo de rarezas, si bien al principio no mostraba interés alguno por las partidas, fui progresivamente tomándole gusto al asunto y, en menos de diez minutos, me vi enfrascado en el juego, ajeno a todo lo demás.

Mis amigos habían empezado expresamente aquel juego de cartas con la intención de levantarme el dinero, así que ahora se los veía desconcertados. Habían perdido el color y disputaban cada partida como si les fuera la vida en ello. Pero por mucho empeño que pusieran, yo no perdía ni una sola mano, llegando a acumular una cantidad de dinero equivalente al valor de aquellas monedas. Mi amigo el malicioso, fuera de sí, colocó la baraja frente a mis narices.

—¡Venga, escoge una! Me juego todo mi patrimonio. Mis tierras, mis propiedades, mis caballos, mis automóviles... ¡Me lo apuesto todo! A cambio, además de las monedas de oro, tienes que jugarte todo el dinero que has ganado esta noche. ¡Venga, elige!

En ese breve instante se apoderó de mí la codicia. Si en un golpe de mala fortuna finalmente terminaba perdiendo, tendría que desprenderme de aquella montaña de monedas de oro que se acumulaban sobre la mesa y del dinero que había ganado en la partida para entregárselo todo a mi amigo. En cambio, si ganaba aquella mano, me apoderaba de golpe de toda su fortuna. Por eso, si no ejercía precisamente en una situación como aquella la magia que había aprendido, ¿de qué me habría servido tanto esfuerzo por aprenderla? No pude resistirlo. Ansioso, utilizando mi magia en secreto, me dirigí a mi amigo como si lo retara a un duelo:

—Trato hecho. Escoge tú primero.

—¡Nueve!

—¡Rey! —exclamé yo regocijándome en la victoria al tiempo que plantaba mi carta frente a los ojos de mi oponente, que había empalidecido.

Entonces sucedió algo extraordinario. El rey, como si cobrara vida, inclinó su cabeza coronada hacia mí y sacó el cuerpo fuera de la carta. Con la espada en la mano, sin perder su porte majestuoso, esbozó una sonrisa inquietante y se puso a hablar con una voz que me resultaba familiar.

—¡Anciana! ¡Anciana! No prepare usted la cama, que nuestro invitado se marcha enseguida.

De pronto, inexplicablemente, la lluvia en el exterior de la ventana sonó como el chaparrón desolador que caía antaño en Ōmori sobre el bosquecillo de bambú. Observando a mi alrededor, descubrí que me encontraba todavía bajo la penumbra de aquella lámpara de queroseno. Frente a mí, esbozando una sonrisa como la del rey de espadas, se sentaba el señor Mishra.

Vi que en el puro que sostenía entre mis dedos se acumulaba la ceniza: lo que había imaginado como un mes entero, no había sido más que un sueño de dos o tres minutos. Dos o tres minutos en los que quedó en evidencia, tanto para mí como para el señor Mishra, que yo no estaba capacitado para aprender los arcanos de la magia de Hassan Khan. Avergonzado, con la cabeza gacha, permanecí unos instantes en silencio.

—Para hacer uso de mi magia, primero hay que desprenderse de toda codicia. Usted no está preparado para ello.

Reprendiéndome calmadamente con aquellas palabras, el señor Mishra apoyó los codos sobre el mantel estampado de flores rojas y me dirigió una mirada de condescendencia.

10 de noviembre del año 8 de la Era Taisho (1919)

EL DIOS AGNI

I

En un barrio de Shanghái, en China. En el segundo piso de una casa que incluso a pleno día permanecía en penumbra, una anciana hindú de rostro malicioso y un americano con aspecto de comerciante estaban enfrascados en una conversación.

—En realidad, también hoy he venido a pedirle que haga una predicción —dijo el americano al tiempo que prendía un cigarrillo.

—¿Una predicción? Ya no me dedico a eso de la adivinación, al menos por ahora —respondió burlonamente la anciana mientras escrutaba el rostro de su interlocutor—. Es que últimamente, por mucho que me esmere en las predicciones, hay quienes no muestran su gratitud como corresponde.

—Yo se lo agradeceré como es debido, faltaría más.

El americano, en un gesto de generosidad, arrojó frente a la anciana un cheque de trescientos dólares.

—De momento, ahí le dejo eso. En el caso de que acierte con la predicción, volveré a darle otra pequeña muestra de agradecimiento.

Al ver el cheque de trescientos dólares, la anciana se mostró mucho más amigable.

—Ay, no sé, qué apuro aceptar tanto... ¿Qué es lo que quería saber?

—Lo que yo quiero que adivine... —El americano, con el cigarrillo en la boca, esbozó una sonrisa picarona—... es la fecha en la que va a estallar la guerra entre Japón y Estados Unidos. Para nosotros, los comerciantes, saber algo así de antemano supondría una manera rápida de enriquecerse.

—En ese caso, vuelva usted mañana. Tendré lista una predicción para entonces.

—Ya veo. Bueno, procure no equivocarse...

La anciana india sacó pecho para darse aires de importancia.

—En cincuenta años de profesión no he errado ni una sola de mis predicciones. No en vano es el mismísimo dios Agni quien me las comunica.

Cuando el americano se hubo marchado, la anciana se dirigió a la puerta de la habitación contigua y llamó a alguien:

—¡Elen, Elen!

Atendiendo a su llamado apareció una niñita china, cuyos mofletes color cera, a pesar de su hermosura, revelaban alguna que otra penuria.

—¿Qué andas refunfuñando? ¡No conozco muchacha más descarada! ¿No te habrás quedado otra vez dormida en la cocina? —Elen soportaba la reprimenda en silencio, con la cabeza gacha—. Escúchame bien. Ha pasado mucho tiempo desde la última vez, pero esta noche vamos a contactar de nuevo con el dios Agni, así que estate preparada.

La niña alzó su mirada de ojos tristes hacia el rostro renegrido de la anciana.

—¿Esta noche?

—Sí, a medianoche, ¿entendido? Que no se te vaya a olvidar—. La anciana levantó el dedo en un gesto amenazante—. Y procura no causarme problemas como la última vez, porque te va la vida en ello. Si quisiera matarte, más fácil me sería que retorcerle el pescuezo a un pollo.

La anciana, cambiando de repente de expresión, frunció el ceño al darse cuenta de que Elen se había acercado a la ventana, que resultó estar abierta, para mirar al exterior, hacia una calle apenas transitada.

—¿Qué es lo que estás mirando? —Elen se puso aún más pálida de lo que estaba, y alzó nuevamente la mirada hacia el rostro de la anciana—. Bueno, bueno... Así que me tomas por tonta. Veo que aún no has aprendido la lección.

Con ojos encolerizados, la anciana agarró una escoba que tenía a mano; pero justo cuando la levantaba en el aire, se oyeron fuera los pasos de alguien acercándose a la casa. Acto seguido golpearon la puerta con violencia.

2

Ese día, más o menos a la misma hora, pasaba frente a aquella casa un joven japonés. Al ver a la niña china asomándose un instante a la ventana del segundo piso, se quedó parado, completamente absorto. En eso pasaba por allí un anciano chino tirando de un *rikisha.*

—Oiga, oiga. ¿Sabe usted quién vive en el segundo piso de ese edificio? —le preguntó de repente el japonés al anciano.

El chino, sin soltar las varas de su *rikisha,* elevó la mirada hacia el segundo piso.

—¿Ahí arriba? Ahí vive una anciana india —respondió con aprensión mientras se mostraba impaciente por marcharse.

—Espere, se lo ruego. Y esa anciana, ¿qué es lo que vende?

—Es adivina, aunque corre la voz de que practica la brujería. Si aprecia usted su vida, será mejor que no se acerque a esa casa.

Cuando el chino del *rikisha* se marchó, el japonés, cruzando los brazos, se quedó un instante pensativo. Al cabo, entró decidido en el edificio. Una vez dentro escuchó los insultos de la anciana, mezclándose con los sollozos de una niña. El japonés, sin pensarlo dos veces, subió a zancadas, de dos en dos y de tres en tres, los peldaños de una escalera mal iluminada. Al llegar a la puerta de la anciana, la golpeó con todas sus fuerzas.

Abrieron la puerta enseguida; sin embargo, cuando el japonés entró en el cuarto, allí estaba solo la anciana y no había ni rastro de la niña china, quien probablemente se habría escondido en la habitación contigua.

—¿Qué lo trae por aquí? —La anciana miró fijamente, con suspicacia, el rostro del recién llegado.

—¿Es usted adivina? —El japonés, cruzándose de brazos, le devolvió a la anciana una mirada penetrante.

—Así es.

—En ese caso, ya debería usted saber a qué he venido. Me gustaría que me adivinara algo.

—¿Qué quiere que le adivine? —La anciana, cada vez más desconfiada, estudiaba el aspecto del japonés.

—La primavera del año pasado desapareció la hija de mi patrón. Eso es lo que quiero que me adivine —dijo el japonés remarcando cada una de sus palabras—. Mi patrón es el cónsul japonés en Hong Kong. Su hija se llama Taeko. Yo soy el licenciado Endo... ¡Así que dígame dónde está la señorita! —mientras decía esto, Endo se llevó la mano al interior de la chaqueta, de donde sacó una pistola—. ¿No estará por casualidad en este barrio? Según las indagaciones de la policía de Hong Kong, la niña fue raptada por una mujer de aspecto indio... Así que más le vale no seguir disimulando.

A pesar de todo, la anciana india no dio muestras de amedrentarse. De hecho, incluso esbozó una sonrisa burlona.

—¿Pero qué dice? No tengo ni idea de qué niña me está usted hablando.

—¡Mentirosa! Acabo de ver a la señorita Taeko asomándose por la ventana. —Endo señaló la puerta de la habitación contigua con la mano con la que agarraba la pistola—. No se resista y haga el favor de llamar a la niña que tiene ahí escondida.

—La niña que hay ahí la he adoptado yo. —La anciana se rio burlonamente, dejando claro que lo que pretendía era mofarse de él.

—Si es adoptada o no, eso ya lo veremos. O me la trae usted aquí o voy yo a buscarla.

En cuanto Endo hizo ademán de entrar en la habitación contigua, la anciana india se plantó delante de la puerta para impedirle el paso.

—¡Esta es mi casa! No tengo por qué permitirle la entrada a un desconocido.

—¡Apártese! ¡O se aparta o disparo!

Endo apuntó a la anciana con su pistola. O más bien trató de apuntarla. Al emitir la anciana un ruido parecido al graznido del cuervo, Endo, como si hubiera sufrido una descarga eléctrica, dejó caer el arma de forma inmediata. Desconcertado, observó a su alrededor. Su brío inicial parecía haberse desvanecido, aunque no tardó en recuperar el valor.

—¡Bruja del demonio! —maldiciendo a la anciana, se abalanzó sobre ella como un tigre.

Pero la anciana tenía sus recursos. Esquivando con agilidad la embestida, agarró la susodicha escoba y de un barrido esparció todo el polvo del suelo sobre el rostro de Endo, justo en el instante en que este se abalanzaba sobre ella. De repente, las barreduras se transformaron en un montón de chispas que se desparramaron sobre el rostro de Endo provocándole quemaduras en los ojos y en la boca.

Endo, no pudiendo hacer frente a aquella situación, salió huyendo a trompicones de la casa mientras era perseguido por un torbellino de llamas.

3

Algunas horas después, rondando la medianoche, Endo se encontraba parado frente a la casa de la anciana, a solas, contemplando con frustración las figuras que recortaba la luz en la ventana del segundo piso.

—Qué frustración no poder devolverle la niña a su padre, a pesar de haber hallado su paradero. Será mejor que llame a la policía. Pero no, mejor no. La policía china no es de fiar, bastante he tenido ya en Hong Kong. Ahora bien, como la anciana escape de nuevo, va a ser muy difícil volver a encontrar a la niña. Pero por lo visto, con esa vieja bruja, las pistolas no sirven para nada...

Mientras Endo elucubraba, de repente, desde lo alto de la ventana del segundo piso cayó un pedazo de papel meciéndose en el aire.

—¡Un papel! ¿Será un mensaje de la señorita? —murmuró Endo.

Recogió el papel, se sacó una linterna del abrigo y proyectó un chorro de luz sobre el texto. Era, sin duda alguna, la letra de Taeko, escrita a lápiz, legible a duras penas.

ESTIMADO ENDO. LA ANCIANA DE ESTA CASA ES UNA BRUJA MUY PODEROSA. A VECES POR LA NOCHE USA MI CUERPO PARA INVOCAR A AGNI, UN DIOS HINDÚ. CUANDO ESTOY POSEÍDA, PARECE COMO QUE ESTOY MUERTA. POR ESO NO SÉ QUÉ PASA, PERO LA ANCIANA DICE QUE EL DIOS AGNI TOMA PRESTADA MI BOCA PARA HACER PREDICCIONES. ESTA NOCHE A LAS DOCE LA ANCIANA VA A INVOCAR OTRA VEZ A AGNI. NORMALMENTE PIERDO LA CONCIENCIA, PERO ESTA VEZ SOLO HARÉ VER QUE EL DIOS ME POSEE. ENTONCES LE DIRÉ A LA ANCIANA

QUE SI NO ME LLEVA CON MI PADRE, EL DIOS AGNI VA A ACABAR CON SU VIDA. CREO QUE LA ANCIANA ME DEJARÁ IR PORQUE EL DIOS AGNI ES LO QUE MÁS TEME EN ESTE MUNDO. ASÍ QUE, POR FAVOR, REGRESE MAÑANA A CASA DE LA ANCIANA. ESTA ES LA ÚNICA FORMA DE ESCAPAR DE SUS GARRAS. ADIÓS.

Al terminar de leer el mensaje, Endo extrajo su reloj de bolsillo. Faltaban cinco minutos para la medianoche.

—Ya casi es la hora. Siendo esa bruja tan poderosa y la señorita una niña todavía, habrá que dejarlo en manos de la fortuna...

Antes de que Endo terminara la frase, ya había dado comienzo el ritual mágico. La ventana del segundo piso, hasta ahora iluminada, había quedado, de golpe, completamente a oscuras. Al mismo tiempo, un extraño olor a incienso se fue propagando lentamente por la calle, con tal intensidad que parecía impregnar el pavimento.

4

En ese preciso instante, en el cuarto a oscuras del segundo piso, la anciana india, con un libro de magia abierto de par en par sobre la mesa, entonaba una y otra vez el mismo conjuro.

Frente a la anciana, sentada sobre una silla, sin inmutarse y con cara de preocupación, estaba Elen... O más bien, Taeko, a la que habían hecho vestir ropajes chinos. «¿Le habrá llegado al señor Endo la carta que lancé por la ventana? Cuando la arrojé, estaba convencida de que aquella silueta era la de Endo, ¿pero no me habré equivocado?». Taeko, enfrascada en aquellos pensamientos, empezó a dudar de si conseguiría o no quedarse quieta un rato más. Pero si se descuidaba y los ojos de la anciana se fijaban en ella y percibía aquel estado de confusión, sus planes para escapar de la morada de aquella bruja terrible se verían frustrados. Así que, dedicándose por completo a la tarea de disimular, Taeko juntó sus manos temblorosas y, tal y como había planeado de antemano, esperó a que se acercara el momento adecuado para fingir que estaba poseída por el dios Agni.

La anciana, una vez finalizado su conjuro, empezó a hacer gestos variopintos con las manos mientras daba vueltas alrededor de Taeko. Unas veces, colocándose frente a la niña, alzaba los brazos y los movía de aquí para allá, de derecha a izquierda. Otras, se colocaba detrás e imponía sus manos sobre la frente de Taeko como si le vendara los ojos. Si en aquel momento alguien desde fuera hubiera contemplado los movimientos de la anciana, no habría distinguido sino una especie de murciélago gigante revoloteando de un lado para otro en el interior de una neblina lechosa provocada por el quemador de incienso.

A Taeko le empezó a entrar sueño, como era costumbre durante aquella parte del proceso. Pero si se dormía ahora, todos sus esfuerzos por llevar su plan adelante quedarían en humo. Lo que supondría, además, que no podría regresar a casa y que no volvería a ver a su padre nunca más.

«Oh, dioses del Japón... Protegedme para impedir que me quede dormida. Si me concedéis la oportunidad de ver una vez más el rostro de mi padre, ni que sea un solo instante, estoy dispuesta a entregaros mi vida. Oh, dioses del

Japón... Prestadme la fuerza necesaria para embaucar a la anciana».

Taeko, desde lo más profundo de su corazón, repitió con fervor sus plegarias, una y otra vez. Sin embargo, el sueño se fue apoderando de ella. Pronto empezó a oír el leve sonido de una música misteriosa que sonaba a golpes de gong. Esa era la señal inconfundible que marcaba el descenso del dios Agni desde los cielos.

A esas alturas, por mucho que se resistiera, Taeko no podía ya seguir combatiendo el sueño. Las llamas del incensario, así como la figura de la anciana india, iban desapareciendo frente a sus ojos como si se tratase de un mal sueño que poco a poco se fuera desvaneciendo.

—¡Dios Agni! ¡Dios Agni! Te ruego que escuches mis súplicas.

Al tiempo que la anciana, postrada sobre el suelo, pronunciaba con voz ronca aquella invocación, Taeko, sentada sobre la silla, se quedaba profundamente dormida, en un estado apenas discernible entre la vida y la muerte.

5

Tanto Taeko como la anciana no esperaban, obviamente, que alguien estuviese observándolas durante la práctica de aquel ritual mágico. Sin embargo, al otro lado de la puerta había una tercera persona: un hombre que espiaba a través del agujero de la cerradura.

Endo, tras leer el mensaje de Taeko, había decidido quedarse allí en la calle plantado, esperando a que amaneciera.

Pero al pensar en el riesgo que corría la señorita, sintió que debía actuar. Como un ladrón, penetró a hurtadillas en el interior del edificio para apostarse enseguida frente a la puerta del segundo piso, donde llevaba ya rato espiando.

Con todo, a través de la cerradura no alcanzaba a ver más que el rostro cadavérico de Taeko, justo enfrente, envuelto en la luz pálida que desprendía el humo del incienso. El resto, esto es, el escritorio, el libro de conjuros, la figura de la anciana postrada sobre el suelo..., quedaba fuera de su campo de visión.

—¡Dios Agni! ¡Dios Agni! Te ruego que escuches mis súplicas.

En cuanto la anciana pronunció aquellas palabras, Taeko, que permanecía sentada sin dar muestras de estar respirando y con los ojos cerrados, se puso a hablar de forma repentina. No era su voz, la voz de una niña como Taeko, sino más bien la de un hombre rudo.

—¡De ninguna manera! No escucharé ni uno más de tus deseos. Has desobedecido una y otra vez mis mandatos y hasta ahora no te has dedicado más que a cometer fechorías. Desde esta misma noche voy a abandonarte. Eso sí, no sin antes imponerte un castigo ejemplar por todas tus vilezas.

La anciana se quedó perpleja, incapaz de emitir respuesta alguna, atacada por un jadeo entrecortado. Aun así, Taeko no le prestó atención y siguió hablando con el mismo tono solemne.

—Has provocado la desdicha de un padre apartándolo de su hija. Si en algo aprecias tu vida, más te vale que envíes de vuelta a la niña cuanto antes, y mejor esta noche que mañana.

Endo, con el ojo pegado al agujero de la cerradura, esperaba ansioso la respuesta de la anciana. Pero esta, en vez de amedrentarse, como sería de esperar, soltó una carcajada odiosa y se plantó de un salto frente a Taeko.

—¡Ya está bien de tomarme el pelo! ¿Tú quién te has creído que soy yo? No estoy todavía tan chocha como para dejarme engañar por una renacuaja. Que te devuelva a tu padre cuanto antes, ¿eh? Al dios Agni nunca se le ocurriría decir algo así... ¡Como si acaso fuera un mero agente de la ley!

Al punto, la anciana sacó una navaja, quién sabe de dónde, y puso la hoja contra los labios de Taeko, que seguía con los ojos cerrados.

—¡Venga ya! ¡Confiesa! ¡Deja de imitar la voz del dios Agni a tu antojo!

Endo, que llevaba ya rato espiando la escena, no podía saber que Taeko estaba en realidad dormida. Al pensar que la anciana había descubierto el engaño, le dio un vuelco el corazón. Sin embargo, Taeko siguió sin mover ni un párpado y respondió burlonamente:

—La hora de tu muerte está cerca. ¿Acaso te parece mi voz la de un humano? Mi voz sonará grave, pero en ella arden las llamas crepitantes de los cielos. ¿No eres capaz de distinguir mi voz? Allá tú si no eres capaz. Te lo preguntaré solamente una vez: ¿vas a devolver a la niña o desobedecerás mi mandato?

La anciana vaciló un instante, aunque enseguida recobró la osadía. Mientras con una mano agitaba amenazante la navaja, jalaba a Taeko de los pelos con la otra.

—¡Maldita bruja! ¿Aun así te empeñas? Pues bien, tú te lo has buscado. Voy a terminar con tu vida de una vez por todas. El que avisa no es traidor.

De repente, un grito resonó en la oscuridad en el interior de la estancia. También se oyó el golpe de un cuerpo cayendo sobre el suelo. Endo, prácticamente enloquecido, gritó el nombre de Taeko mientras embestía la puerta desesperadamente con todo el empuje de su cuerpo.

Al fin cedió la puerta: el crujido de la madera al partirse, el chasquido al saltar el cerrojo. Sin embargo, ya dentro del cuarto solo fue capaz de distinguir la llama pálida del incensario, que seguía encendido. El resto oscuridad; puro silencio.

Endo, guiándose a duras penas por aquella tenue luz, inspeccionó asustado el interior del cuarto. Lo primero que distinguieron sus ojos fue a Takeo, que permanecía sentada sobre la silla, inmóvil como una muerta. A Endo le pareció percibir sobre la cabeza de la niña una aureola de luz que le otorgaba un aspecto solemne.

—Señorita, señorita... —Endo se acercó a la silla, aproximó su boca a los oídos de Taeko y gritó con todas sus fuerzas—: ¡Señorita! ¡Aguante! ¡Soy yo, Endo!

Taeko entreabrió los ojos, como si acabara de despertar de un sueño.

—¿Endo?

—¡Sí, aquí estoy! Ya no hay nada de que preocuparse. No tema. ¡Rápido, salgamos de aquí!

Taeko, atrapada todavía entre el sueño y la vigilia, dejó escapar una vocecita débil.

—Lo que había planeado no ha salido bien. Me he quedado dormida... Por favor, discúlpeme.

—No es culpa suya que la hayan descubierto. Usted, señorita, lo ha hecho muy bien. Realmente parecía estar poseída por el dios Agni, tal y como había planeado. Pero eso ahora da lo mismo... ¡Huyamos, rápido!

Endo, impaciente, abrazó a la niña para levantarla de la silla.

—No, no puede ser. Yo estaba dormida de verdad. No recuerdo nada de lo que he dicho —murmuró Taeko mientras buscaba apoyo en el pecho de Endo—. Mi plan ha fracasado. No puedo escapar.

—No diga eso. Venga usted conmigo. Esta vez no podemos fallar.

—Pero la anciana...

—¡La anciana!

Endo inspeccionó una vez más el interior del cuarto. El libro de magia continuaba abierto sobre la mesa... Y debajo, tumbada boca arriba, la anciana india. Yacía muerta sobre un charco de sangre, con su propio puñal clavado en el pecho.

—¿Qué le ocurre a la anciana?

—Está muerta.

Taeko, alzando la mirada hacia Endo, frunció sus hermosas cejas.

—Yo no sabía... Endo, ¿ha sido usted quien ha matado a la anciana?

Endo observó el cadáver de la adivina y luego volvió a mirar el rostro de Taeko. Fue en ese instante cuando comprendió que, gracias a que el plan había fracasado, la anciana había muerto y al fin Taeko podía regresar a casa sana y salva... Ironías del destino.

—No, no he sido yo el que la ha matado. El dios Agni se ha manifestado aquí esta noche para darle muerte —susurró Endo con tono solemne mientras sostenía a Taeko entre sus brazos.

Diciembre del año 9 de la Era Taisho (1920)

ROPAS

Tuve un sueño.

Estaba en un restaurante o en un lugar por el estilo. Había un montón de gente sentada en el interior de un gran salón de tatamis. Cada uno vestía a su manera, ya fueran ropas occidentales, ya fueran ropas japonesas. Pero no solo las vestían. Se observaban unos a otros para inspeccionar la indumentaria ajena y luego se dedicaban a hacer juicios de valor según se les antojaba.

—Esa levita que llevas está pasada de moda. Es una reliquia de la época del naturalismo, ¿no?

—Ese *yūki*[1] es una obra maestra. Tiene un toque muy personal.

—¿Cómo dices? Pero si ese *haori*[2] de *omeshi*[3] que llevas carece por completo de sensibilidad.

---

1 *Yūki-tsumugi*, tejido de seda fabricado tradicionalmente en los alrededores de las ciudades de Yūki (prefectura de Ibaraki) y Oyama (prefectura de Tochigi).

2 Especie de sobretodo similar al kimono con mangas anchas que cubre hasta las caderas y queda abierto por delante. Antiguamente los samuráis lo usaban sin mangas sobre sus armaduras a la manera del tabardo europeo.

3 Tejido de seda urdido con ligamento de tafetán. Originalmente la palabra *omeshi* se usaba como honorífico en sustitución del verbo *vestir*. El tejido se terminó llamando así porque era la tela preferida del undécimo shogun de Edo Tokugawa Ienari (1773-1841), quien lo vestía.

—Fíjate en el traje de satén azul marino que lleva. Con razón es un *petit burgoise.*

—Uy, no me esperaba que te ataras el *obi* como un *rakugoka*[4].

—Vistiendo a la Ooshima[5], resulta evidente que eres un señorito del distrito residencial de Yamanote.

Y de esa guisa continuaban diciéndose cosas los unos a los otros. Entonces me fijé en un hombre enjuto un poco extraño que se sentaba en el extremo de la mesa. Vestía de forma zarrapastrosa un viejo *kibira*[6] con emblemas laqueados; vestimenta que desde hacía ya un rato estaba siendo el blanco de críticas crueles.

—Siempre con el mismo trapo —señaló un joven maestro que se había dejado melena.

¿Qué pretendería aquel maestro vistiendo una toga blanca que le daba aspecto de dominico? Por lo visto, también Balzac vestía así cuando se entregaba al trabajo. Sin embargo, como el maestro no tenía ni la corpulencia ni la estatura de Balzac, le sobraba bastante manga.

---

4 Cuentacuentos de la tradición japonesa que relata historias principalmente cómicas o picaronas. Viste kimono y permanece sentado de rodillas sobre un cojín en lo alto del escenario utilizando únicamente un abanico y los gestos de las manos para teatralizar las diferentes situaciones que va narrando.

5 *Ooshima-tsumugi.* Tela de seda de alta calidad tejida con la técnica de estampado *kasurigara*, que consiste en teñir el tejido siguiendo el estampado antes de urdirlo. Producido principalmente en la prefectura de Kagoshima.

6 Tela de cáñamo tejida con estructura de ligamento de tafetán generalmente utilizada para ropa de verano como el *haori.*

El hombre enjuto forzó una sonrisa y permaneció sentado mientras escuchaba en silencio.

—Si siempre te vistes igual será porque no tendrás nada de que hablar —añadió envalentonado un joven lechugino que vestía ropas de seda a la *meisen*[7] o a la Ooshima, no estaba muy claro. Curiosamente, vestía también el lechugino ropa tan usada que se distinguía la roña adherida alrededor del cuello.

El hombre del *kibira* tampoco respondió esta vez. Por su aspecto, se diría que era más bien un pusilánime.

Habló entonces un tercer hombre de espaldas anchas que vestía un traje grueso de rayas. Esbozando una sonrisa de complicidad hizo un comentario relativamente favorable:

—¿Pero por qué no te has vestido igual que la otra vez? Así parece que hayas retrocedido. Aunque tampoco es que te quede mal ese *kibira*... Y vosotros a ver si recordáis que este hombre fue una vez capaz de cambiarse de ropa. No estaría mal que lo alentárais un poco para que volviera a hacerlo.

Entre la multitud se oyeron voces de ánimo: «¡Venga, venga!» y exlamaciones de ira: «¡Hay que ser más rígido! ¡Entre colegas no valen los elogios!».

El hombre enjuto, rascándose la cabeza, abandonó su asiento a toda prisa para regresar a su casa de dos plantas en los suburbios; una casa con muy mala ventilación.

---

7 Tipo de tejido de seda que empezó a usarse alrededor de las reformas de la Era Tenpō (1841), y que por su resistencia y protección contra el polvo fue indispensable en la vida de los japoneses desde la Era Meiji hasta la Segunda Guerra Mundial.

En el interior de la casa, tanto en la planta de arriba como en la de abajo, colgaban variedad de ropas que se estaban aireando. Entre ellas, algunas brillaban como escamas de serpiente: cotas de malla y escudos para tiempos de guerra.

El hombre enjuto se sentó en mitad de aquellas ropas cruzando las piernas con aire insolente y engreído, y se puso a fumar tabaco apaciblemente.

Creo que en ese instante dijo algo, pero desgraciadamente no fui capaz de recordarlo al despertar. Ahora que estoy escribiendo este sueño, cuán profundamente lamento haber olvidado esa frase.

Fecha desconocida. El relato no llegó a publicarse.

LA INMORTAL

Hace mucho, mucho tiempo, en un pueblecito de China, vivía un estudiante que se pasaba las horas leyendo bajo su ventana, desde donde contemplaba las flores de un melocotonero, pues no en vano estaba en China. En la casa contigua moraba sola una muchacha joven, muy hermosa, sin nadie a su servicio. Al estudiante aquella muchacha le parecía muy misteriosa. En realidad, nadie en el pueblo sabía nada sobre su pasado ni tampoco cómo se las apañaba para subsistir.

En un atardecer de primavera sin pizca de viento, el estudiante había salido a dar una vuelta cuando, de repente, escuchó a la joven muchacha estallar en improperios. Su voz sonaba intimidatoria, como el cacareo de esos gallos que se toman su tiempo para el desafío. El estudiante se acercó a la casa de la muchacha para descubrir qué ocurría. Entonces vio que la muchacha, con las cejas arqueadas, mantenía sentado a la fuerza a un anciano leñador mientras le arreaba puñetazos a su canosa cabeza. Para colmo, era el anciano quien, deshaciéndose en lágrimas, se estaba disculpando efusivamente ante ella.

—¿Pero qué diablos haces? ¿Te parece bonito andar pegándole a un pobre anciano como este? —El estudiante detuvo la mano de la muchacha, reprendiendo su actitud con dureza—. ¡Es inmoral pegar a una persona mayor!

—¿Una persona mayor? ¡Pero si este leñador es más joven que yo!

—Nada de bromas.

—No, si no es broma. Este leñador es mi hijo.

El estudiante, atónito, observó atentamente el rostro de la muchacha, que se sonrojó. Su rostro era hermoso... O gozaba, más bien, de una gran dignidad. La muchacha, soltando finalmente al leñador, se dirigió al estudiante sin pestañear.

—Ni te imaginas las penurias que he tenido que pasar por mi hijo. Pero mi hijo ha sido siempre un caprichoso y no escucha nada de lo que le digo, así que al final ha terminado envejeciendo.

—Pero entonces... Ese leñador tendrá por lo menos setenta años... Así que si tú eres su madre, ¿cuántos años tienes tú?

—¿Yo? Yo tengo tres mil seiscientos años.

El estudiante, al escuchar aquello, se dio cuenta enseguida de que la hermosa mujer que había estado viviendo en la casa vecina era ni más ni menos que una inmortal. Sin embargo, para entonces, su misteriosa figura ya había desaparecido, abandonando tras de sí, en mitad de aquel día soleado de una radiante primavera, al anciano leñador.

Febrero del segundo año de la Era Showa (1927)

EL NIÑO MELOCOTÓN

Hace mucho mucho tiempo, en un valle muy profundo, existía un enorme melocotonero. Aunque quizás no baste con decir que era enorme. Sus ramas se extendían por encima de las nubes y sus raíces penetraban hasta lo más profundo de la tierra, alcanzando el mismísimo inframundo. Los melocotones míticos que en el alba de los tiempos utilizó el dios Izanagi-no-mikoto como arma arrojadiza para espantar a los ocho demonios del trueno durante su huida por la pendiente que separa el mundo de los vivos del mundo de los muertos eran frutos de aquellas ramas[1].

Desde la creación del mundo, aquel árbol florecía y daba frutos solo una vez cada diez mil años. De sus flores de corola bermellón colgaban racimos de oro. Sus frutos... Los frutos también, como era de esperar, crecían gigantescos. Pero lo realmente extraordinario era que cada uno de ellos albergaba en el interior de su pulpa un hermoso bebé en lugar de una semilla.

Hace mucho, mucho tiempo, aquel árbol, con sus ramas a rebosar de frutos que cubrían las montañas y los valles,

1 Referencia al capítulo 5 del *Kojiki* (712).

absorbía los rayos del sol en mitad de una calma absoluta. Los frutos que habían tardado diez mil años en brotar no caerían hasta al cabo de mil años. Sin embargo, el destino quiso que el mítico cuervo Yatagarasu[2], al pasar por allí, decidiera posarse sobre una de sus ramas, donde se dedicó a picotear uno de los frutos más maduros hasta hacerlo caer. El fruto atravesó las nubes y la niebla que se elevaba hacia la altura para terminar cayendo en el río de un valle que se extendía a gran distancia por debajo del cielo. Obviamente, como el río corría serpenteando entre los picos de las montañas, sus aguas espumosas lo terminaron arrastrando al país de los hombres.

Dejando atrás las profundidades de los valles, ¿quién recogería aquel fruto que albergaba a un bebé en su interior? A estas alturas, no es necesario contarlo. En las márgenes del río, como bien saben todos los niños japoneses, una anciana cuyo esposo había partido a buscar leña se encontraba lavando la ropa o algo así cuando...

2

De aquel melocotón nació Momotaro, a quien más tarde le daría por viajar a Onigashima, la Isla de los Demonios, con la intención de conquistarla. Una ocurrencia que se debió en realidad al hecho de que no quería ponerse a trabajar ni en la montaña, ni en el río, ni tampoco en el huerto, como sí

---

2 Según la leyenda china, se trata de un cuervo de tres patas que habita en el interior del Sol.

hacían, en cambio, la anciana y el anciano que lo acogieron. El viejo matrimonio accedió a los caprichos de aquel niño mimado y, sin poner pega alguna, le proporcionaron todo lo que necesitaba para partir a la aventura: un uniforme de batalla, una katana y un estandarte que llevaría ondeando a la espalda. Por si fuera poco, les pidió también que le prepararan unos pastelitos de mijo para contar con provisiones durante su misión.

Momotaro, henchido de moral, iba camino de Onigashima cuando se topó de pronto con un perro callejero. El perro, con un brillo en los ojos que delataba su hambre, se dirigió a él de este modo:

—Momotaro, Momotaro, ¿qué es eso que llevas colgando del cinto?

—Estos son los mejores pastelitos de mijo de todo Japón —respondió Momotaro con orgullo.

Obviamente, incluso él dudaba de si aquello sería o no cierto. La cuestión es que en cuanto dijo «pastelitos», el perro se puso a caminar junto a él sin perder un instante.

—Dame uno, por favor. Si me das uno, te acompaño.

Momotaro se puso a hacer rápidamente cálculos mentales.

—Uno no. Te doy la mitad.

El perro estuvo un rato insistiendo para que le diera uno entero, pero Momotaro no cedía y solo le ofrecía la mitad. Al final, como sucede en todo negocio, el que no tenía nada terminó sometiéndose a la voluntad del que tenía. Fue así como el perro, entre suspiros, aceptó medio pastelito de mijo a cambio de acompañar a Momotaro.

Más tarde, utilizando de nuevo como anzuelo medio pastelito, Momotaro también convirtió en vasallos suyos a un mono y a un faisán. El problema era que los animales no se llevaban bien entre ellos. El perro, de robustos colmillos, se burlaba del mono por su falta de valor. El mono, por su parte, muy ágil para llevar las cuentas de los pastelitos, se burlaba del faisán por su aspecto de empollón. Y este, a su vez, experto incluso en sismología, se burlaba del perro por su corto entendimiento.

Por si fuera poco, el mono empezó a quejarse tan pronto como volvió a sentir hambre, diciendo que por medio pastelito miserable no valía la pena acompañar a Momotaro a la conquista de Onigashima. El perro, que no dejaba de ladrar, se abalanzó sobre él con la intención de matarlo a mordiscos. Si el faisán no se hubiera interpuesto en su camino, el mono no hubiera vivido lo suficiente para sufrir más tarde la venganza del cangrejo[3]. El faisán, al tiempo que calmaba al perro, aleccionaba al mono sobre la ética del vasallaje, explicándole que debía obedecer a Momotaro. Pero el mono, huyendo del ataque del can, había trepado ya hasta la copa de un árbol, desde donde no oía bien lo que el faisán le decía. Tuvo que ser Momotaro, con su pericia, quien finalmente convenciera al simio. Alzando la mirada hacia la copa del árbol y haciéndole señas al mono con su abanico blanco con una estampa del sol naciente, le habló con impostada frialdad:

---

3 Ver el cuento «La disputa entre el mono y el cangrejo» en este volumen.

—Pues bueno, si no quieres, no hace falta que nos acompañes. Así seremos menos para repartirnos los tesoros de Onigashima.

El mono, avaricioso por naturaleza, abrió los ojos como platos.

—¿Tesoros? ¡Oh! ¿Es que acaso hay tesoros en Onigashima?

—Ni te lo imaginas. Por haber, hasta hay un pequeño martillo repujado que, cuando lo agitas en el aire, te concede todo lo que quieres[4].

—Entonces, si agitara ese martillo en el aire, podría conseguir cualquier cosa al instante, ¿verdad? Eso ya me suena mejor. Llevadme con vosotros, os lo ruego.

Fue así como Momotaro consiguió reunir al grupo de nuevo y acelerar el paso rumbo a la conquista de Onigashima.

3

Onigashima era una isla solitaria en mitad del océano. Pero no consistía simplemente en un montón de riscos, como solía pensar la gente. Se trataba de un auténtico paraíso natural, hermosísimo, en el que abundaban las palmeras y se escuchaba el gorjeo de aves paradisiacas. De lo que se intuye que los demonios nacidos en aquel edén eran, en realidad, amantes de la paz. Y no solo eso, sino que los demonios eran originalmente una tribu mucho más hedonista que la nuestra. En el cuento de *El anciano que perdió su joroba*, por ejem-

4 Referencia al martillo mágico que aparece en el cuento del folclore japonés *Issun-bōshi* («El samurái de una pulgada»).

plo, los demonios se pasan toda la noche bailando. En *El samurái de una pulgada* aparecen unos demonios que se quedan fascinados por una dama de la corte que está de visita en un templo y a ellos no les importa arriesgar su vida para tratar de conseguirla. En cuanto al demonio Shutendoji de la montaña Oeyama y el demonio Ibaragidoji del portón de Rashomon, se suele pensar que son más malvados que nadie. Sin embargo, igual que a nosotros ahora nos gusta tanto la calle Ginza, ¿no se aparecía Ibaragidoji sobre el tejado de Rashomon simplemente porque le entusiasmaba la avenida Suzaku? ¿Y qué hay de Shutendoji, si este se pasaba el día entero en su caverna empinando el codo? Eso de que raptara a mujeres lo llevo yo dudando desde hace más de veinte años. Aunque no cuestiono la verdad de los hechos, a mí me da la impresión de que tanto el famoso Raiko como los cuatro dioses celestiales que se le enfrentaron no eran más que unos aduladores de las mujeres que estaban un poco tocados de la cabeza.

Los demonios vivían de forma extraordinariamente pacífica en un entorno tropical, tañendo el *koto*, danzando y bailando, recitando poemas de los poetas clásicos. En cuanto a sus esposas y sus hijas, estas tejían con telares, elaboraban sake y preparaban racimos de orquídeas; exactamente igual que las esposas y las hijas de los hombres. Las madres de los demonios que tenían ya el pelo blanco y que habían perdido los colmillos, mientras cuidaban de los nietos, les explicaban a estos historias terribles sobre los humanos...

—Si os portáis mal, los humanos vendrán y se os llevarán a su isla. Y si os llevan a su isla, os matarán como hicieron con Shutendoji. ¿Que cómo son los humanos? Los humanos son unos seres repugnantes de cuerpo blancuzco a los que no les crecen cuernos. Por si fuera poco, sus mujeres se untan la cara y las manos con polvos de plomo para parecer más blancas. Y si solo fuera eso, aún, pero es que tanto los hombres como las mujeres son igualmente mentirosos, avariciosos, envidiosos, orgullosos, además de matarse entre ellos, prenderse fuego, robarse... Son unas bestias salvajes incorregibles.

4

A estos demonios sin culpa ninguna, Momotaro les provocó un terror que no habían experimentado nunca desde que fundaran su país. Habiendo olvidado el uso de los garrotes de hierro, gritaban «¡Que vienen los humanos!», y corrían de un lado para otro entre las majestuosas palmeras buscando un lugar donde esconderse.

—¡Al ataque! ¡Al ataque! ¡Acabad con todos los demonios que encontréis! ¡Que no quede ni uno vivo! —les ordenaba Momotoro a los tres animales, el perro, el mono y el faisán, mientras sostenía con una mano la bandera del melocotón, y agitaba arriba y abajo con la otra el abanico con el sol naciente.

Quizás no se llevaran muy bien entre ellos los tres animales vasallos, pero en cuanto a coraje y lealtad se refiere, no tenían mesura, puesto que no hay soldado más capacitado que un animal hambriento. Los tres perseguían con la intensidad de una tormenta a los demonios que corrían despavoridos. El perro terminaba con la vida de los jóvenes de un solo mordisco. El faisán daba muerte a los niños demonios atravesándolos con el pico. Y el mono... Siendo el mono de la misma calaña que nosotros los humanos, antes de terminar estrangulando a las muchachas, las ultrajaba y hacía con ellas lo que se le antojaba.

Tras sufrir todo tipo de aberraciones, finalmente el cabecilla de los demonios, acompañado de unos pocos demonios más que habían salvado la vida, se postró frente a Momotaro para ofrecer la rendición. Fue un gran triunfo para Momotaro. En un solo día, Onigashima había dejado de ser aquel edén en el que trinaban pájaros paradisiacos. Había cadáveres de demonios esparcidos por doquier, entre palmera y palmera. Momotaro, sin soltar en ningún momento su bandera y protegido por sus tres animales vasallos, se dirigió con solemnidad al cabecilla de los demonios, que yacía postrado y humillado frente a él.

—De acuerdo con la aplicación especial de mi espíritu misericordioso, os hago saber que os perdono la vida. A cambio, exijo que se me haga entrega de todos y cada uno de los tesoros de Onigashima sin excepción.

—Como vuesa merced mande. Os haremos entrega de nuestros tesoros.

—Una cosa más. Tomaré a vuestros hijos como rehenes.

—Entendido.

El cabecilla de los demonios, apoyando una vez más la frente sobre el suelo y temiendo ser reprendido, se atrevió a dirigirle una pregunta a Momotaro:

—Sé que si hemos recibido el castigo de ser invadidos por vuesa merced se deberá a algún descuido por nuestra parte que habrá provocado vuestra ira; pero, a decir verdad, empezando por un servidor, no comprendemos cuál pueda haber sido nuestra falta. Si no fuera mucha molestia, ¿podríais revelarnos cuál ha sido la falta que hemos cometido hacia vuestra persona?

Momotaro accedió a ello sin perder la compostura.

—Yo, Momotaro, el campeón de Japón, he venido a conquistar Onigashima porque he reclutado como leales servidores a estos tres animales: el perro, el mono y el faisán.

—¿Y cuál es, entonces, el motivo por el que ha reclutado vuesa merced a estos tres señores?

—Como quería yo conquistar desde un principio Onigashima, les repartí unos pastelitos *kibidango*[5] y pude así reclutarlos... ¿Qué os parece? ¡Si aun con eso no sois capaces de entenderlo, os mato a todos ahora mismo!

El cabecilla de los demonios se asustó tanto que reculó de un salto varios metros, para volver enseguida a postrarse.

5

El campeón Momotaro, en una marcha triunfal con sus tres vasallos animales —el perro, el mono y el faisán— y obligando a los hijos de los demonios que habían tomado como rehenes a arrastrar un carro lleno de tesoros, retomó henchido de orgullo el camino de vuelta a su pueblo. Hasta aquí, nada que no sepan todos los niños japoneses. Sin embargo, no es que Momotaro llevara desde entonces una vida feliz. Cuando los hijos de los demonios crecieron, asesinaron a

5 Pastelitos de mijo.

mordiscos a su celador el faisán y escaparon a Onigashima para hacer de la isla su escondite. Por su parte, aquellos demonios que habían sobrevivido a la matanza de Onigashima cruzaban de vez en cuando los mares para prenderle fuego a la mansión de Momotaro y con la intención de degollarlo cuando dormía. Pronto corrió el rumor de que el mono había sido asesinado porque los habían confundido. Momotaro, frente a tal acumulación de desdichas, no podía darse ni un respiro.

—¡Qué vengativos son los demonios!

—Sí, son unos desagradecidos. Ni siquiera muestran gratitud hacia mi señor por haberles perdonado la vida —El perro, al ver a Momotaro enfurruñado, se deshacía él también en aullidos de indignación.

Entretanto, sobre los escollos de la triste Onigashima, cinco o seis jóvenes demonios bañados por los rayos luminosos de una hermosa luna tropical preparaban bombas con cocos de palmera para llevar a cabo su plan de liberar Onigashima. Concentrados en silencio en su tarea, pero en apariencia contentos, y con sus globos oculares grandes como cuencos resplandeciendo en la oscuridad, parecían haber olvidado incluso cómo iniciar un romance con las tiernas muchachas demonio.

6

En las profundidades de un valle que los seres humanos desconocen, desgarrando la niebla y las nubes, existe todavía hoy, igual que antaño, un melocotonero donde crecen infinidad de frutos. Como es sabido, el melocotón que contenía a Momotaro se desprendió ya de su rama, desapareciendo río abajo. Sin embargo, en el interior de esos frutos dormitan todavía incontables genios futuros. ¿Cuándo regresará de nuevo aquel cuervo Yatagarasu para posarse sobre la copa del melocotonero? Ay, ay..., que en el interior de aquellos frutos dormitan todavía infinidad de genios futuros...

Junio del año 13 de la Era Taisho (1924)

EL BICHO DEL ALCOHOL[1]

1 Adaptación de la historia de tradición oral china recogida por el escritor Pu Songling en *Liaozhai Zhiyi* (*Historias extraordinarias desde un estudio chino*, 1740).

I

En años recientes no había hecho nunca tanto calor. Se mirase hacia donde se mirase, los tejados de teja de las casas amasadas con adobe reflectaban como el plomo los rayos punzantes del astro solar. En aquellas condiciones, daba la impresión de que las crías y los huevos en el interior de los nidos de las golondrinas iban a cocerse vivos, a pesar de que quedaban protegidos bajo los aleros. Por no hablar de los campos de cultivo; en ellos, tanto el cáñamo como el mijo inclinaban sus cabezas flácidas hacia la tierra humeante y no había ni una sola planta que aun estando todavía verde no se viera mustia. El mismo efecto sufría el cielo que se extendía sobre los campos; estaba en realidad despejado, pero debido a la humedad, el aire a ras del suelo se percibía turbio y grisáceo; aquí y allá, como si se estuvieran cociendo galletas de arroz en una cazuela de barro, flotaban nubes de picos grumosos.

La historia de «El bicho del alcohol» se inicia en este clima tórrido, justo en el momento en que tres hombres se aventuran a salir a un campo de trigo trillado bajo el cielo abrasador.

Por muy extraño que parezca, uno de esos hombres yacía tumbado sobre el suelo boca arriba y completamente desnudo. Para colmo, por alguna que otra razón, llevaba las manos y los pies vendados con cuerdas de cáñamo. Sin embargo, el interesado en cuestión no daba muestras de que le doliese nada en particular. De baja estatura y buen color en el rostro, era un hombre entrado en carnes como un puerco y aparentaba, en cierto modo, ser un poco bobo. Junto a él, cerca de la cabeza, reposaba una botella de barro cocido de poco valor que se veía llena, pero a saber de qué.

Un segundo individuo vestía túnica amarilla y llevaba colgando de las orejas pequeños aros de bronce. Por el tono de su piel, más oscuro de lo común en aquellos lares, así como por los rizos en la barba y el pelo, se diría que era un hombre venido de algún lugar del occidente, pudiendo bien tratarse de la estepa de Pamir. Desde hacía ya un rato, agitando en el aire un *shubi*[1] de mango bermellón, perseveraba en su intento por espantar a los tábanos y las moscas que revoloteaban insidiosos alrededor del hombre desnudo; sin embargo, viéndose ya exhausto, se acercó a la susodicha botella de barro y se agachó a cogerla no sin cierto pavoneo.

El tercero de aquellos hombres se mantenía a cierta distancia de los otros dos; permanecía de pie a la sombra

---

1 También conocido como *hossu*. Utensilio consistente en un mango terminado en una cola de ciervo u otro animal que servía antiguamente para espantar moscas y que se utilizó posteriormente como utensilio en rituales budistas.

del tejado de una cabaña de cañas situada en un rincón del campo trillado. En el mentón le crecía una barba enmarañada con aspecto de cola de rata y llevaba una túnica tan larga que le cubría los talones, sujetada por un cinto marrón que, con el nudo flojo, le caía holgadamente. Viendo el esmero que ponía de cuando en cuando en el uso de un paipay fabricado con plumas de ave blanca, debía de tratarse, cuando menos, de un confuciano.

Los tres, como si se hubieran puesto de acuerdo entre ellos previamente, permanecían callados. No se movían tampoco ni pizca; parecían estar conteniendo el aliento mientras esperaban con gran interés algo que iba a ocurrir de un momento a otro.

Debía de rondar el mediodía. Los perros estarían echándose una siesta, porque no se oía ni un solo ladrido. Incluso el cáñamo y el mijo que crecían en los alrededores del campo trillado, con el sol reverberando en sus hojas verdes, permanecían en la más absoluta quietud. En la parte visible del cielo flotaba un aire tan seco y sofocante que es posible que los cúmulos de nubes tuvieran problemas para respirar. Allá donde alcanzaba la mirada, no se percibía más respiración que la de aquellos tres individuos, quienes defendían el silencio como las estatuas de barro conservadas en el templo dedicado a Kantei[2].

2 Kan-u o Guan Yu (¿?-220), héroe que junto a Zhang Fei protegió a Liu Bei, fundador y emperador del Estado de Shu durante la época de los Tres Reinos.

Obviamente, no es esta una historia japonesa. Se trata de un hecho que tuvo lugar cierto verano en el campo de trigo propiedad del señor Liu, en la región china de Chozan[3].

2

Aquel que yacía tumbado y desnudo bajo un cielo abrasador era ni más ni menos que el dueño del campo de trigo, de apellido Liu y de nombre Da Cheng; una de las personas más ricas de Chozan. En sus ratos de ocio, no hacía este señor otra cosa más que empinar el codo, pegándose a la botella ya de buena mañana. Como dice el relato, «aquel que se sirve el sake a sí mismo no deja ni gota en el cántaro»[4], así que las cantidades de alcohol que ingería estaban fuera de lo normal. De hecho, tal y como quedó escrito, «de tres hectáreas de plantaciones extramuros, la mitad eran de mijo», así que su patrimonio, en cuanto a producir alcohol se refiere, no corría peligro alguno.

¿Pero por qué yacía desnudo a la solana? He aquí el motivo: aquel día, en una habitación por la que sí corría el aire, estaba Liu recostado sobre su esposa de bambú[5] mientras echaba una partida de *go* con el maestro Son, su

3 Región en la acual Dalián, península de Liaodong que fue ocupada por los japoneses durante la primera guerra sino-japonesa (1894-1895) y posteriormente por los rusos, desencadenando así la guerra ruso-japonesa.

4 Referencias al texto chino original.

5 En japonés *chikufujin* (literalmente «bambú-esposa»). Almohada hecha de bambú con agujeros que permite que corra el aire.

compañero de borracheras —el confuciano del paipay blanco—, cuando de repente se presentó Akuwan, la sirvienta, diciendo:

—Acaba de presentarse un monje que dice que viene del templo Hodo-ji y que quiere a *usté* verlo. ¿Qué le digo?

—¿Cómo dices? ¿De Hodo-ji? —preguntó Liu frunciendo el ceño y pestañeando igual que si algo lo hubiera deslumbrado. Al cabo, alzando su cuerpo rechoncho y visiblemente acalorado, añadió—: Bueno, hazle pasar. —Y luego, dirigiendo la mirada hacia el maestro Son, concluyó—: Se tratará de aquel bonzo.

El bonzo del templo Hodo-ji en cuestión era el monje extranjero venido de las tierras del oeste. Debido a su dominio de la medicina y de las artes mágicas, gozaba de mucho prestigio por aquellos lares. Corrían rumores de que era capaz de hacer milagros. Por ejemplo, a Zutano, enfermo de amaurosis, le había devuelto la vista en un abrir y cerrar de ojos; mientras que a Mengano, que padecía una extraña enfermedad crónica, lo había sanado al instante.

A todo esto, hay que decir que Liu no era precisamente un tipo que se alegrara de recibir visitas. No obstante, cuando ya había ido alguien a visitarlo, por lo general recibía al nuevo visitante con gran efusividad. Podría decirse que debido a su carácter vanidoso e infantil se mostraba orgulloso de tener invitados frente a otros invitados. Más aún en el caso del bonzo extranjero, pues de tanta fama gozaba en los alrededores. No era, en absoluto, un invitado del que avergonzarse... Esas fueron, más o menos, las razones por las que Liu aceptó recibirlo.

—¿A qué vendrá?

—A mendigar, seguro. Vendrá a pedir limosna para sus ofrendas.

Estaban así conversando cuando se presentó la sirvienta Akuwan seguida del visitante: era un asceta atípico, de elevada estatura y con los ojos como cristales de purpurita. Vestía una túnica amarilla y su melena rizada le caía desgreñada sobre los hombros. Con el *shubi* bermellón en la mano, se plantó en mitad de la estancia. No abrió la boca ni dirigió saludo alguno.

Liu tardó en reaccionar, pero cuando el silencio lo empezó a incomodar, fomuló la pregunta:

—¿Qué le trae por aquí?

—Le gusta a usted mucho el alcohol, ¿verdad? —respondió el bonzo extranjero.

—Así es... —confesó Liu algo confuso debido a lo inesperado de la pregunta, al tiempo que le dirigía una mirada al maestro Son en busca de ayuda.

El maestro Son, haciendo como si nada, siguió a lo suyo y colocó una ficha sobre el tablero. No parecía tener intención alguna de participar en la conversación.

—¿Es usted consciente de que padece una extraña enfermedad? —enfatizó el bonzo extranjero.

Liu, al escuchar la palabra enfermedad, puso cara de circunstancias y empezó a acariciar a su esposa de bambú.

—¿Una enfermedad?

—Así es.

—Pero no, si yo desde pequeño... —Iba a decir algo Liu, pero el monje lo interrumpió.

—Por mucho alcohol que beba, no se emborracha, ¿verdad?

—... —Liu observó perplejo el rostro de su interlocutor y se quedó callado. Ciertamente, era un hombre que por mucho que bebiera no se había emborrachado nunca.

—Es esa una prueba de que está enfermo... —El bonzo, tras esbozar una sonrisa, continuó—: Tiene en el estómago el bicho del alcohol. A no ser que se lo extirpe, seguirá padeciendo la enfermedad. Este humilde monje ha venido para curarlo a usted.

—¿Puede curarme? —expresó Liu con voz vacilante, avergonzándose al instante de su propia actitud.

—Precisamente por eso he venido, porque puedo curarlo.

El maestro Son, que había permanecido todo el tiempo callado escuchando la conversación, rompió de pronto su silencio.

—¿Con algún tipo de medicina?

—No, no hace falta ninguna medicina —aclaró el monje algo incomodado.

El maestro Son, sin un motivo aparente, despreciaba tanto el taoísmo como el budismo. Por eso, cuando coincidía con algún monje taoísta o con alguno budista, apenas terciaba palabra con ellos. Si ahora se dignaba a hablar era simplemente porque el término «bicho del alcohol» había despertado en él curiosidad y, gustándole como le gustaba darle a la bebida, sintió cierto malestar, lo que lo llevó a preguntarse si no tendría él también ese bicho metido en la panza. Con todo, al notar que el monje respondía de mala gana, le dio la impresión de que les estaba tomando el pelo, así que mantuvo de nuevo silencio y retomó su quehacer con las fichas de *go*. Al mismo tiempo, empezó a pensar para sus adentros que Liu era un idiota solo por entrevistarse con aquel bonzo insolente.

A Liu, por su parte, no parecía importarle.

—¿Entonces qué va a usar? ¿Agujas?

—No, algo mucho menos aparatoso.

—¿Entonces qué? ¿Conjuros mágicos?

—No, nada de magia.

Tras varias tandas de preguntas y respuestas, el bonzo extranjero explicó de forma sencilla el tratamiento que iba a seguir: lo único que tenía que hacer Liu era tumbarse en cueros a la solana y quedarse quieto. A Liu aquello le pareció realmente fácil. Si solo con eso podía curarse, estaba dispuesto a dejarse curar. Le movió, además, la curiosidad por experimentar el tratamiento que le proponía el monje, aunque él no era plenamente consciente de eso.

Fue así como Liu terminó aceptando la propuesta: «Bueno, pues cúreme usted»... Y he aquí la razón por la que Liu estaba ahora desnudo, tirado por los suelos, en mitad del campo de trigo y bajo un cielo abrasador.

El monje extranjero, explicándole a Liu que no debía moverse, le envolvió las manos y los pies con cuerdas de cáñamo. Luego, le pidió a un mozo que le trajera una botella de barro llena de alcohol y la colocó junto a la cabeza del enfermo. Sobra decir que, en vista de las circunstancias, su buen amigo el maestro Son estaría allí para presenciar aquel tratamiento tan extraordinario.

Qué fuera aquel bicho del alcohol, qué sucediera una vez extraído del interior del estómago y para qué sirviera aquella botella junto a la cabeza de Liu eran cosas que solo el bonzo extranjero sabía. De ahí que Liu, poniéndose en cueros bajo la canícula y sin saber por qué, parecía más bien un insensato; pero la verdad es que cualquier persona normal y corriente, incluso aquellos que han sido educados en la escuela, no dejan de hacer cosas por el estilo.

3

Qué calor. El sudor le corría por la frente, condensándose en gotas que avanzaban templadas en dirección a los ojos. Lamentablemente, al estar inmovilizado por las cuerdas de cáñamo, no podía usar las manos para enjugarse, así que movió un poco el cuello para intentar cambiar la trayectoria del sudor. Pero entonces sintió un mareo repentino que le obligó a posponer su estrategia. El sudor empapó sus párpados sin concesiones, deslizándose luego desde la nariz hasta la papada, tras bordearle la boca. Era una sensación harto desagradable.

Al principio, permanecía con los ojos abiertos observando atentamente el cielo, quemado de blanco, y las hojas de cáñamo en el campo; pero tuvo que desistir cuando el sudor empezó a caerle de forma indiscriminada sobre los ojos. Fue aquella la primera vez que experimentó el sudor como algo punzante. Con el mismo rostro que una oveja en el matadero, cerró los ojos dócilmente mientras recibía los rayos solares. Acto seguido, empezó a sentir dolor; dolor sobre la piel que le cubría la cara y dolor sobre la piel que le cubría las extremidades; dolor por todo el cuerpo. En la superficie de su piel actuaba una fuerza que la impulsaba a expandirse en todas direcciones, pero su piel, resistiéndose, había perdido cualquier ápice de elasticidad. Al mismo tiempo, empezó a notar pinchazos por todas partes... Valga esta explicación para expresar el dolor que sentía. Ahora bien, ese sufrimiento no tenía nada que ver con el sudor; Liu fue poco a poco arrepintiéndose de haber aceptado el tratamiento del monje.

No obstante, no era comparable aquello con el sufrimiento que padecería más tarde... Primero se le secó la garganta. Liu conocía una historia según la cual Cao Cao u otro famoso general llegó a saciar la sed de sus tropas simplemente asegurándoles que había un bosque de ciruelos más adelante en el camino; sin embargo, por mucho que él pensara ahora en el sabor agridulce de las ciruelas, no dejaba de sentir la garganta seca. Probó a mover la barbilla; probó a morderse la lengua; pero el interior de su boca seguía ardiendo. Si al menos la botella de barro no hubiera estado allí, quizás podría haberlo soportado. Pero de la boca de la botella se desprendía un fuerte olor a alcohol que no le daba tregua a su nariz. Para colmo, tenía la sensación de que a cada minuto que pasaba aquel hedor a alcohol se intensificaba, aunque quizás solo fuera su imaginación. Liu abrió los ojos buscando la botella, pero aparte de su propio pecho hinchado no alcanzó a ver más que la boca del recipiente junto a él. No obstante, en su mente apareció con nitidez la imagen del alcohol, de color dorado, rebosando en las oscuras entrañas de la botella. En un gesto reflejo, se relamió los labios agrietados con su lengua reseca, pero no hubo indicio alguno de que brotara saliva. Ni siquiera el sudor le caía ahora como antes, puesto que el sol lo había secado.

Entonces experimentó un fuerte mareo, dos o tres veces seguidas. La cabeza no dejaba de dolerle desde hacía un rato. Liu, en el fondo de su corazón, maldecía una y otra vez al monje extranjero, al tiempo que se preguntaba por qué diantres se habría dejado engañar por un individuo como aquel para estar sufriendo ahora un tormento tan absurdo. A todo esto, se intesificaba su sed y sentía náuseas en el pecho. No aguantaba más; no podía permanecer de aquella manera quieto por más tiempo, así que decidió ponerle fin al ritual. Con voz entrecortada, se dirigió al monje extranjero, que permanecía sentado junto a él, para exigirle que detuviera el tratamiento.

Fue en ese mismo instante. Liu sintió un bulto de carne indeterminado que, subiéndole desde el pecho hasta la garganta, se arrastraba con lentitud. Por momentos se retorcía como si fuera una lombriz; por momentos se aferraba como un geco. La cuestión es que algún ser blando y viscoso fue remontando su esófago hasta que finalmente alcanzó la garganta y, tras escurrirse por debajo de la nuez, no sin gran esfuerzo, terminó saliendo bruscamente al exterior con fuerte impulso.

Al instante, se oyó un chapoteo en el interior de la botella; algo había caído en el alcohol.

El bonzo extranjero, quien hasta ese momento había permanecido impasible, levantó rápidamente el trasero para empezar a desligar las cuerdas que sujetaban el cuerpo de Liu. Le aseguró que ya no había nada que temer, porque el bicho del alcohol había salido.

—¿Habrá salido realmente? —dijo Liu en una especie de gemido.

Mientras alzaba mareado la cabeza, olvidando incluso la sed debido a lo extraño de lo sucedido y todavía desnudo, se arrastró a cuatro patas hacia la botella. Al verlo de aquella guisa, el maestro Son corrió hacia donde estaban los otros dos mientras usaba su abanico blanco como parasol. Reunidos los tres, espiaron el interior de la botella: en el alcohol nadaba una especie de salamandra minúscula cuya carne presentaba un color parecido al púrpura. Mediría apenas diez centímetros de largo. Tenía boca y ojos y mientras nadaba, daba la impresión de que se estaba bebiendo el alcohol. Liu, al verlo, no pudo contener la náusea.

4

El tratamiento del bonzo bárbaro tuvo un efecto inmediato. Desde aquel día, Liu Da Cheng dejó de beber alcohol completamente. Después de aquello incluso el olor le repugnaba. Lo extraño es que desde entonces la salud de Liu fue deteriorándose progresivamente. Tres años después de haber escupido el bicho del alcohol no quedaba de él ni siquiera la sombra de su figura rechoncha. Su piel, un colgajo de grasa carente de brillo, envolvía los huesos pronunciados de su rostro, mientras que de su pelo apenas quedaba una mísera pelambre teñida de escarcha en la parte de las sienes. Era de esperar que cayera enfermo en cualquier momento.

Con todo, no solo era la salud de Liu la que había empeorado. También su patrimonio había ido declinando a gran velocidad, hasta que no tuvo más remedio que entregar a terceros la mayor parte de los tres acres de campo que poseía en las afueras de la ciudad. Tanto se agravó la cosa que incluso se vio forzado a hacer uso de la azada, algo que nunca había necesitado hacer, por lo que siguió viviendo su día a día de forma miserable.

¿Cuál fue el motivo de que empeorara la salud de Liu tras escupir el bicho del alcohol? ¿Por qué declinó su fortuna? Estas son preguntas que cualquiera se plantearía si tratara de encontrar una relación causal entre el hecho de que Liu escupiera el bicho del alcohol y su posterior decadencia. De hecho, eso mismo se preguntaban una y otra vez todos los comerciantes y trabajadores que vivían en Chozan, siendo muy variadas sus conclusiones. A continuación ofrezco aquí tres de esas conclusiones, que son, de entre todas las que hubo, las tres que me han parecido más representativas.

Primera conclusión: el bicho del alcohol no representaba la enfermedad de Liu, sino su dicha. Como resultado de aquel encuentro fortuito con el idiota del bonzo bárbaro, habría perdido entonces el don de la felicidad.

Segunda conclusión: el bicho del alcohol no representaba la dicha de Liu, sino su enfermedad. La capacidad que tenía Liu para tomarse una tinaja de un solo trago es algo impensable para el común de los mortales. Si no se le hubiera extirpado el bicho del alcohol, sin duda ya haría tiempo que Liu estaría muerto. En ese sentido, tanto su caída en la pobreza como su enfermedad serían más bien motivos para la dicha.

Tercera conclusión: el bicho del alcohol no representaba ni la dicha ni la enfermedad de Liu. Liu bebía alcohol desde hacía muchos años. Eliminado el alcohol de su vida, no le quedaba otra cosa. En cierto modo, Liu era el bicho del alcohol y el bicho del alcohol era Liu. Así que, en el momento en el que Liu se desprendió del bicho del alcohol, también se estaba matando a sí mismo. Dicho de otro modo, desde el día en que Liu dejó de beber, Liu dejó de ser Liu. Así que si Liu en sí mismo ya había dejado de existir, era lógico que se perdiera también la salud y el patrimonio de lo que antaño fuera Liu.

De estas conclusiones, cuál sea la más adecuada, ni yo mismo lo sé. Lo único que pretendía hacer yo aquí, a imitación del didactismo de los escritores chinos, era exponer los distintos juicios morales al final de esta historia.

Abril del año 5 de la Era Taisho (1916)

LA LINTERNA MÁGICA

(extracto de *El muchacho*)

—Primero se enciende la lámpara.

El dueño de la juguetería prendió una cerilla amarilla para encender la lámpara de hojalata. Después abrió una puertecita detrás de la linterna mágica e introdujo la lámpara en el interior del mecanismo. Yasukichi, de siete años de edad, contuvo el aliento mientras observaba las manos del dueño, que se inclinaba hacia la mesa. Observó las manos de aquel señor de tez inusualmente blanca y con la raya del pelo perfectamente peinada a la izquierda. Serían ya casi las tres. La puerta de vidrio de la juguetería, iluminada por los rayos del sol, proyectaba ininterrumpidamente las sombras de los transeúntes. Sin embargo, en el interior de la juguetería... los rincones repletos de las cajas vacías de los juguetes, esparcidas por doquier, no escapaban a la penumbra. Al entrar en la tienda, Yasukichi había expermientado cierta aprensión. Pero ahora, embebido por la linterna mágica... La linterna mágica que le mostraba el dueño le había hecho olvidar aquellas primeras sensaciones. Había olvidado incluso la existencia de su padre, que permanecía de pie a su espalda.

—Al meter la lámpara, la luna sale por allí...

Por fin el dueño de la juguetería se enderezó para señalarle la pared blanca del fondo; no tanto a Yasukichi como a su padre. La linterna mágica proyectaba sobre la pared blanca un círculo luminoso de aproximadamente un metro de diámetro. En efecto, aquel círculo de luz amarillenta semejaba la luna si no fuera porque se distinguían también las telarañas y el polvo que cubrían el yeso.

—Y ahora se coloca aquí una ilustración...

Se oyó un crujido y acto seguido apareció una imagen borrosa en el interior del círculo luminoso. Un olor a metal recalentado estimuló aún más la curiosidad de Yasukichi, que fijó la mirada en aquella imagen. No se apreciaba todavía si se trataba de un paisaje o del retrato de una persona. Solo se distinguían colores irisados parecidos a los de una burbuja de jabón. Pero no, no solo se parecían los colores. Lo que se proyectaba en aquella pared blanca era justamente una burbuja gigante de jabón. Una burbuja de jabón que, como si fuera un sueño, había llegado flotando en la penumbra desde algún lugar desconocido.

—El foco de la lente está borroso. Solo hay que ajustar la lente, que está aquí delante... Y enseguida van a ver qué nítido.

El dueño de la juguetería se agachó de nuevo. Al mismo tiempo, la burbuja de jabón se fue transformando ante sus miradas en un paisaje pintoresco. Pero no se trataba de un paisaje japonés. Era un paisaje de algún lugar de Europa; un canal de agua en cuyas orillas se alineaban las casas. Debía de representar una hora cercana al crepúsculo, porque la luna menguante desprendía luz en el cielo sobre las casas de la derecha. La luna, las casas, las rosas en las ventanas de las casas, todas ellas proyectaban sus sombras brillantes sobre la superficie del agua, que fluía silenciosa. Por lo pronto, no se percibía ninguna presencia humana y ni siquiera una gaviota que pasara por allí. Solo el agua, que corría en línea recta bajo un puente.

—Es un paisaje de Venecia, en Italia.

Treinta años más tarde, Yasukichi quedaría fascinado por Venecia a través de las novelas de D'Annunzio. Pero al Yasukichi de entonces aquel canal bordeado por casas adosadas no le provocaba más que un sentimiento de tristeza inconsolable. El paisaje que a él le gustaba era el de las incontables palomas que revoloteaban frente al pabellón de Kannon en Asakusa, con su gran estructura laqueada en bermellón. O bien el de los tranvías tirados por caballos en la avenida Ginza bajo la gran torre del reloj. En comparación con aquellos paisajes, estas casas adosadas y ese canalejo no transmitían más que tristeza. Y aunque no fueran palomas o tranvías tirados por caballos... Si al menos por lo alto de aquel puente cruzara un tren... Así estaba inmerso Yasukichi en sus pensamientos cuando de repente percibió, solo un instante, a una muchacha peinada con un lacito que asomaba la cabeza por una de las ventanas de una de las casas que quedaban a mano derecha. Pero no fue capaz de recordar en qué ventana. Su única certeza era la de haberla visto asomada a alguna de las ventanas que quedaban bajo la luna menguante.

—¿Y bien? ¿Ya has entendido cómo se proyecta?

Las palabras de su padre trajeron de vuelta a Yasukichi, que estaba ensimismado. Su padre, fumándose un puro, estaba parado detrás de Yasukichi con aire de aburrirse. En el exterior de la juguetería seguía incesante el ir y venir de los transeúntes. También el dueño... En las mejillas pálidas del dueño de la tienda, con su raya de pelo impecable, se esbozaba una sonrisa de satisfacción como la de un mago que hubiera terminado su demostración. De repente, Yasukichi quiso llevarse aquella linterna mágica a su cuarto cuanto antes...

Aquella misma noche, Yasukichi, en compañía de su padre, proyectó una vez más el paisaje veneciano sobre una tela encerada. La luna menguante en mitad del aire, ambas riberas con casas adosadas, las rosas en las ventanas de las casas reflejadas en el brillo del agua de aquel canal en línea recta... Todo tal y como lo había visto por la tarde. Sin embargo, aquella muchacha de dulce fisonomía no asomaba esta vez el rostro. Esperó a que una de las ventanas se abriera, pero tras las cortinas corridas de aquellas ventanas se encerraban los secretos de cada casa. Yasukichi, impaciente ante aquella larga espera, se dirigió a su padre, que estaba pendiente de la lámpara, casi implorando:

—¿Por qué no sale aquella niña?

—¿Qué niña? ¿Es que hay una niña?

El padre de Yasukichi ni siquiera entendió la pregunta de su hijo.

—No, ahora no está, pero antes ha asomado la cara por la ventana.

—¿Eso cuándo?

—En la juguetería, proyectada en la pared.

—Yo no he visto que se asomara ninguna niña.

—Sí, yo la he visto que se asomaba.

—¿Pero qué estás diciendo?

El padre, preocupado, acercó la palma de su mano a la frente de Yasukichi. Entonces le habló con vivacidad, levantando la voz de forma exagerada.

—Bueno, ¿y ahora qué proyectamos?

Sin embargo, Yasukichi, ignorando lo que le decía, continuaba observando el paisaje veneciano. Las ventanas proyectaban sus cortinas inmóviles sobre la superficie del agua. Pero por ninguna de ellas se asomaría de nuevo la muchacha del lacito. Al pensar en ello, sintió una nostalgia indescriptible; una tristeza teñida de dicha que no había experimentado nunca antes. La muchacha que se había asomado por la ventana en el interior de la linterna mágica, ¿sería acaso un espíritu sobrenatural que se había aparecido ante sus ojos? ¿O se trataba, en cambio, de una mera ilusión propia de un muchacho de su edad? Obviamente, ni él mismo era capaz de resolver aquella duda. La cuestión es que aún ahora, treinta años después, Yasukichi, cada vez que se siente profundamente cansado, harto del mundo, recuerda a aquella muchacha veneciana que no reaparecería nunca, como quien recuerda a su primer amor después de no haber visto su rostro durante largos años.

Abril del año 13 de la Era Taisho (1924)

LOS PERROS Y LA FLAUTA

Dedicado a Ikuko[1]

I

Antiguamente, en el país de Yamato, al pie de la montaña Katsuragi, vivía un joven leñador al que llamaban Hiko el del pelo largo. Se lo conocía por ese nombre por tener el cabello largo como una mujer, además de poseer un rostro tan hermoso como el de una muchacha.

Hiko el del pelo largo era muy hábil tocando la flauta. Incluso cuando subía a la montaña para buscar leña, se la llevaba consigo ceñida al cinto y se ponía a tocar, entre descanso y descanso, deleitándose en solitario con sus propias melodías. Entonces ocurría algo extraordinario: las bestezuelas y las plantas parecían apreciar el sonido de la flauta. Cada vez que Hiko el del pelo largo la hacía sonar, la hierba temblaba, los árboles se balanceaban, y los pájaros y las bestias le hacían corro para escucharlo con detenimiento.

1 Prima pequeña de la madre de la esposa de Akutagawa, que tenía por entonces quince años.

Un día, Hiko el del pelo largo estaba sentado como de costumbre sobre las raíces de un árbol enorme tocando la flauta con devoción cuando de repente se apareció frente a él un hombre gigantesco que tenía una sola pierna y que llevaba colgando del cuello un montón de abalorios azulados conocidos como *magatama*.

—Tocas la flauta de maravilla. Yo, desde antiguo, he estado soñando una y otra vez con la era de los dioses al principio de los tiempos, pero desde que empezaste a venir al bosque a buscar leña, las melodías que tañes con tu flauta me invitan a imaginar cosas más entretenidas. Hoy he venido aquí expresamente para darte las gracias y compensarte por ello, así que estoy dispuesto a concederte aquello que desees —dijo.

El leñador se paró a pensar un momento.

—Me encantan los perros, así que me haría ilusión que me regalara uno —contestó.

El hombre gigantesco estalló en carcajadas.

—¿Solo un perro? Veo que eres un hombre muy poco codicioso. Me impresiona tu falta de avidez, así que te voy a compensar también por ello y te entregaré un perro con unas cualidades sobrenaturales que lo hacen único. Palabra de un servidor, que soy el dios de una sola pierna de la montaña Katsuragi.

Tras estas palabras el dios se puso a silbar y de las profundidades del bosque apareció un perro blanco que venía corriendo mientras esparcía la hojarasca a su paso.

El dios de una sola pierna señaló al perro.

—El nombre de este perro es Olfatea y tiene la capacidad de olfatear cualquier cosa a cualquier distancia. Así pues, de ahora en adelante tú te harás cargo de él para toda la vida —dijo antes de que su figura desapareciera al instante en el aire como la niebla.

Hiko el del pelo largo, henchido de felicidad, regresó a su pueblo acompañado de aquel perro blanco. Al día siguiente fue de nuevo a la montaña y, cuando estaba inmerso en hacer sonar la flauta, se le apareció de quién sabe dónde un hombre descomunal que llevaba colgando del cuello un collar de *magatama* negras y que tenía una sola mano, diciendo:

—Ayer, por lo visto, mi hermano mayor el dios de una sola pierna te hizo entrega de un perro, así que hoy he venido yo a compensarte como muestra de agradecimiento. Si hay algo que desees, no dudes en pedírmelo. Yo soy el dios de una sola mano de la montaña Katsuragi.

—Quisiera un perro que no tenga nada que envidiarle a Olfatea —respondió Hiko el del pelo largo.

Enseguida se puso el hombre descomunal a silbar y un perro negro acudió a su llamada.

—Este perro lleva por nombre Vuela y es capaz de llevar volando a cualquiera que monte sobre su lomo hasta cien o mil *ri* si es preciso. Mañana vendrá mi hermano menor y él te hará también un regalo —dijo antes de desaparecer como ya lo había hecho su otro hermano.

Al día siguiente, antes incluso de que se pusiera a tocar la flauta, descendió de los cielos como si fuera una ventisca un hombre descomunal que tenía un solo ojo y que venía engalanado con *magatama* rojas.

—Yo soy el dios de un solo ojo de la montaña Katsuragi. Parece ser que mis hermanos mayores te han mostrado ya su gratitud. Yo también quiero regalarte un perro que esté a la altura de Olfatea y Vuela.

En cuanto terminó de hablar, el eco de su silbido atravesó el interior del bosque y apareció corriendo un perro moteado que venía enseñando los colmillos.

—Este perro es Muerde. Este perro, siempre que te acompañe, será capaz de matar de un solo mordisco a cualquier temible dios demoníaco que pueda amenazarte. Ahora bien, debes tener algo en cuenta. Estos perros de los que te hemos hecho entrega vendrán en tu ayuda desde cualquier parte siempre que hagas sonar la flauta, pero si no la haces sonar, no vendrán. No lo olvides.

Así habló el dios de un solo ojo antes de regresar volando como un torbellino hacia el cielo mientras levantaba a su paso la hojarasca del bosque.

2

Cuatro o cinco días más tarde, Hiko el del pelo largo, acompañado por sus tres canes, caminaba al pie de la montaña Katsuragi tañendo la flauta cuando, de repente, llegó a un lugar donde el camino se trifurcaba. Por el camino de la derecha y por el camino de la izquierda venían sendos jóvenes samuráis montando a caballo y armados con arco y flechas.

Al verlos, Hiko el del pelo largo se ciñó la flauta al cinto y los saludó cortésmente con una reverencia.

—Buenos días, caballeros. ¿Adónde se dirigen ustedes? —les preguntó.

Los dos samuráis turnaron sus respuestas.

—Hace poco, dos de las hijas del regente de Asuka desaparecieron en plena noche sin dejar rastro y se cree que puede haber sido obra de algún dios demoníaco.

—El regente, muy preocupado, anunció que recompensaría a cualquiera que saliera en busca de las doncellas si las encontraba. Así que nosotros andamos preguntando por ahí sobre su paradero.

Terminada su explicación, ambos samuráis se apresuraron a seguir su camino mientras le dirigían a aquel leñador de aspecto femenino y a sus tres perros una mirada desdeñosa por encima del hombro.

Hiko el del pelo largo pensó que aquella era una información muy valiosa y, sin perder más tiempo, se puso a acariciar la cabeza del perro blanco mientras le decía:

—Olfatea, olfatea. Olfatea para buscar el paradero de las doncellas.

El perro blanco arrimó el hocico a una ráfaga de viento que pasaba por allí en ese instante y unos espasmos se apoderaron de su cuerpo.

—¡Guau, guau! La mayor de las hijas es prisionera del gigante Shokushinjin, que vive en una caverna del monte Ikoma —dijo el perro.

Shokushinjin era un ser extremadamente malvado que en el pasado había criado a la serpiente gigante de ocho cabezas Yamata no Orochi. En cuanto escuchó aquello, el leñador, agarrando por las patas al perro moteado y montándose a horcajadas sobre el lomo del perro negro, gritó:

—¡Vuela, vuela! ¡Vuela hasta la morada de Shokushinjin en las cavernas del monte Ikoma!

Antes incluso de que terminara la frase, a los pies de Hiko el del pelo largo se levantó un torbellino de aire tremebundo. El perro negro, como si fuera la hoja de un árbol, se fue elevando poco a poco por los aires hasta que echó a volar en línea recta, como una flecha, en dirección a los lejanos picos de Ikoma, que quedaban escondidos tras un cúmulo de nubes azuladas.

3

En cuanto Hiko el del pelo largo alcanzó el monte Ikoma pudo comprobar que ciertamente se abría en mitad de la montaña una gran caverna; en su interior descubrió envuelta en sollozos a una doncella muy hermosa con una peineta dorada en el pelo.

—Hermosa dama, hermosa dama, he venido a rescatarla. Ya está usted a salvo. ¡Rápido, prepárese! La llevaré de regreso con su padre.

Los tres perros, siguiendo las palabras de Hiko el del pelo largo, jalaban con sus dientes las mangas y los faldones de la doncella.

—¡Venga, rápido! ¡Tenemos que irnos! ¡Guau, guau, guau! —ladraban.

Sin embargo, la doncella, todavía con lágrimas en los ojos, señaló hacia el fondo de la cueva diciendo:

—Pero es que sigue ahí Shokushinjin, mi raptor, durmiendo la borrachera. Si se despierta, nos perseguirá hasta encontrarnos. Y entonces no solo me matará a mí, sino que también acabará con tu vida.

Hiko el del pelo largo esbozó una sonrisa de oreja a oreja.

—¿Por qué voy a temer yo a ese insignificante de Shokushinjin? Ahora mismo os muestro cómo soy capaz de aniquilarlo sin el menor esfuerzo —comentó mientras le daba una palmada en el lomo al perro moteado.

—¡Muerde, muerde! ¡Acaba de un mordisco con ese tal Shokushinjin que se esconde en el fondo de la cueva!

El perro moteado, mostrando los colmillos y gruñendo con el fragor de un trueno, penetró de un salto en el interior de la caverna y regresó al instante agitando la cola con la cabeza de Shokushinjin entre los dientes, rezumando sangre todavía.

Entonces ocurrió un fenómeno extraordinario. Del fondo del valle, que permanecía oculto bajo las nubes, se levantó una ráfaga de viento que transportaba algo en su interior. Se oyó una dulce voz:

—Hiko el del pelo largo, estoy en deuda contigo. Yo soy la princesa Koma del monte Ikoma, a quien Shokushinjin maltrataba.

La doncella, tan contenta como estaba de haber sido rescatada, no se percató de aquella voz y se dirigió a Hiko el del pelo largo con tono preocupado:

—Gracias a ti he podido salvar la vida, pero qué habrá sido de mi pobre hermana pequeña.

Al escuchar aquello, Hiko el del pelo largo acarició de nuevo la cabeza del perro blanco y dijo:

—Olfatea, olfatea. Olfatea para encontrar el paradero de la doncella.

El perro, levantando la mirada hacia su dueño, se puso a olisquear el aire y no tardó apenas en contestar.

—¡Guau, guau! La menor de las hermanas es prisionera de Tsuchigumo, que habita en la caverna del monte Kasagi.

El tal Tsuchigumo era un enano malvado al que ya había sometido una vez antaño el emperador Jinmu.

Hiko el del pelo largo, tal y como había hecho antes, montó junto a la doncella sobre el lomo del perro negro mientras llevaba agarrados a los otros dos perros debajo de los brazos.

—¡Vuela, vuela! Vuela hasta la caverna del monte Kasagi donde habita Tsuchigumo.

No terminó de decirlo cuando el perro negro se elevaba ya por los aires para dirigirse más rápido que una flecha al monte Kasagi, cuya cima se elevaba entre cúmulos de nubes azuladas.

4

Cuando alcanzaron el monte Kasagi, siendo como era Tsuchigumi un malvado muy astuto, en cuanto divisó a Hiko el del pelo largo, salió a recibirlo plantándose delante de la caverna y riendo a carcajadas.

—Vaya, vaya, si es Hiko el del pelo largo. Espero que hayas tenido un buen viaje. Pero pasa, pasa, querrás descansar después de un viaje tan largo. No tengo mucho para ofrecerte, pero te puedo servir un hígado fresco de ciervo o quizás mejor un embrión de oso —dijo.

Hiko el del pelo largo negó con la cabeza.

—No, gracias. Solo he venido a exigirte que devuelvas a la doncella que raptaste. Si no lo haces, me veré obligado a matarte igual que hice con Shokushinjin —le reprendió con una intensidad que daba miedo.

A Tsuchigumi le entraron escalofríos.

—Ay, pero si te la iba a entregar... Qué necesidad hay de rechazar mi invitación... La doncella está ahí mismo esperando a solas en el fondo de la cueva. Entra cuando quieras y te la llevas —dijo con voz temblorosa.

Hiko el del pelo largo, acompañado de sus tres perros y de la primera doncella, entró en el interior de la caverna y comprobó que, efectivamente, allí había también una hermosa dama con peineta de plata y aspecto triste deshaciéndose en sollozos.

La dama, al ver que alguien se acercaba, se asustó y buscó rápidamente con la mirada al intruso, reconociendo al instante el rostro de su hermana mayor.

—¡Hermana!

—¡Hermanita! —Ambas salieron disparadas a la vez y se fundieron en un largo abrazo mientras vertían lágrimas de alegría.

A Hiko el del pelo largo, al presenciar aquella escena, se le contagiaron las lágrimas; a los tres perros, sin embargo, se les erizó de repente el pelo del lomo.

—¡Guau, guau! ¡Ese maldito Tsuchigumo!

—¡Ser detestable! ¡Guau, guau!

—¡Guau, guau, guau! Nos las pagarás. ¡Guau, guau, guau! —ladraban como si de pronto se hubieran vuelto locos.

Para cuando se dieron cuenta, el muy astuto de Tsuchigumo había bloqueado la entrada de la cueva con una enorme roca, sin dejar siquiera una rendija. Pero no teniendo bastante con aquella fechoría, se empezó a burlar desde el otro lado de la roca:

—¡Te lo tienes merecido, Hiko el del pelo largo! En menos de un mes pereceréis de hambre o de sed. ¿Qué opinas ahora de mi estrategia? Terrible, ¿verdad? —Tsuchigumo se reía acompañando su risa con aplausos.

Ante esta situación, habiendo sido burlado, incluso Hiko el del pelo largo se sintió impotente y lleno de rabia. Por suerte, recordó que llevaba su flauta al cinto. Del mismo modo que las bestias y las plantas se rendían al escuchar sus melodías, si la hacía sonar, era probable que incluso el corazón de aquel Tsuchigumo malicioso quedara conmovido. Así, recuperando el valor y mientras acariciaba a sus perros para calmarlos, Hiko el del pelo largo concentró todas sus energías en el sonido de la flauta.

La melodía cautivó al malvado Tsuchigumo, que poco a poco fue seducido por ella. Al principio arrimó la oreja a la roca de la cueva para escuchar con atención, hasta que quedó totalmente prendado de la música y empezó a mover la roca hacia un lado, abriéndola centímetro a centímetro para apreciar mejor la melodía.

Cuando hubo abierto el espacio suficiente para que pasara una persona, Hiko el del pelo largo dejó de tocar.

—¡Muerde, muerde! ¡Mata a mordiscos a ese Tsuchigumo que obstruye la entrada de la cueva! —alentó Hiko al perro moteado palmeándole el lomo.

Oyendo aquellas palabras, Tsuchigumo trató de huir presa del pánico, pero no le dio tiempo. Muerde, con la velocidad de un rayo, saltó hacia el exterior de la caverna y, sin ningún esfuerzo, mató a Tsuchigumo a mordiscos.

Al instante, sucedió de nuevo algo extraordinario. Desde el fondo del valle se elevó una ráfaga de viento y se oyó una voz dulce que venía de su interior:

—Hiko el del pelo largo, muchas gracias. Estoy en deuda contigo. Yo soy la princesa Kasa del monte Kasagi, a quien Tsuchigumo maltrataba.

5

Después de aquello, Hiko el del pelo largo, junto a sus tres perros y las dos doncellas, montados todos sobre el lomo del perro negro, tomaron el camino de la capital Asuka, donde moraba el regente, volando en línea recta a través de los cielos desde la cumbre del monte Kasagi. A mitad de camino, ambas doncellas, quizás como muestra de agradecimiento, se desprendieron de sus respectivas peinetas de oro y plata y se las colocaron a Hiko el del pelo largo en la melena; pero este ni siquiera se dio cuenta, concentrado como estaba en observar los hermosos prados del país de Yamato que se extendían bajo sus pies, al tiempo que acuciaba al perro negro para volar más rápido.

Divisó entonces Hiko el del pelo largo desde el cielo aquel camino trifurcado por el que había pasado al principio con los perros y avistó a los dos samuráis con quienes se había encontrado anteriormente; regresaban ahora de alguna parte y cabalgaban al galope sobre sus caballos, el uno junto al otro, tomando el camino de la capital. Al verlos, no pudo contener las ganas de bajar a contarles su gran hazaña.

—¡Vuela, baja! Desciende hasta aquella trifurcación en el camino —le instó al perro negro.

Los dos samuráis, a pesar de que habían buscado a las doncellas por los cuatro costados del mundo, no habían dado con su paradero, así que se quedaron completamente pasmados cuando las vieron descender de los cielos junto a aquel leñador con aspecto de muchacha, montadas a horcajadas sobre un robusto perro negro.

Hiko el del pelo largo desmontó del perro y los saludó cortésmente con una reverencia.

—Estimados señores, en cuanto me despedí de ustedes, enseguida me fui volando a los montes Ikoma y Kasagi, donde rescaté, como podrán apreciar, a estas dos hermosas doncellas —dijo.

Los samuráis sintieron mucha envidia y muchos celos, y no les hizo ninguna gracia que aquel vulgar leñador se burlara de ellos. Fingiendo alegrarse, alabaron las proezas de Hiko el del pelo largo, pero con el único objetivo de sonsacarle información sobre el origen de aquellos perros y también sobre las maravillas de aquella flauta. Entonces, aprovechando un descuido de Hiko el del pelo largo cuando estaba sacando la flauta para mostrársela, los samuráis se la quitaron de las manos, montaron a toda prisa sobre el perro negro y, agarrando cada uno de ellos una doncella y un perro bajo sus brazos, exclamaron al unísono:

—¡Vuela, vuela! ¡Llévanos volando hasta la capital Asuka, donde reside el regente!

Hiko el del pelo largo, sorprendido, se abalanzó sobre ellos para tratar de alcanzarlos, pero el perro, con los dos samuráis a cuestas, hacía ya girar su cola, con la que provocó un torbellino que los elevó hacia las alturas del cielo azul para después perderse en la distancia.

Atrás quedaron únicamente los dos caballos en los que iban montados los samuráis. Hiko el del pelo largo, desolado, se dejó caer en el suelo en el centro de la trifurcación y se echó a llorar.

De repente, se levantó una ráfaga de viento que provenía de la cima del monte Ikoma y se oyó una voz que salía de su interior:

—Hiko el del pelo largo, Hiko el del pelo largo. Soy la princesa Koma del monte Ikoma —susurró con dulzura.

Al mismo tiempo, desde el monte Kasagi llegó una ráfaga de viento en cuyo interior se escuchó una voz parecida:

—Hiko el del pelo largo, Hiko el del pelo largo. Soy la princesa Kasa del monte Kasagi —susurró con dulzura.

Entonces las dos voces se convirtieron en una.

—No te preocupes. Vamos a ir nosotras tras aquellos samuráis y te traeremos de vuelta la flauta.

Estaban todavía diciéndolo cuando aquellas ráfagas de viento se levantaron violentamente, entre silbidos, para tomar enseguida la misma dirección por la que se había ido volando el perro negro.

Al poco rato, aquellas ráfagas de viento regresaron sobre el camino que se trifurcaba y volvieron a susurrar con dulzura desde lo alto del cielo:

—Aquellos dos samuráis se han presentado frente al regente de Asuka con las dos doncellas y están recibiendo ahora sus recompensas. ¡Venga, rápido! Tañe tu flauta y llama a tus tres perros. Entretanto, te prepararemos para que tengas éxito en tu viaje y no tengas que avergonzarte de nada.

Así dijeron y al instante, además de la inestimable flauta, una espléndida indumentaria digna de un general fue cayendo ante sus ojos como si se tratara de una lluvia de granizo que resplandecía a la luz del sol: una armadura de oro, un casco de plata, saetas con plumas de pavo real y un arco de madera aromática.

6

Poco después, cargando con el arco de madera aromática y las flechas de plumas de pavo real a la espalda, y con los perros blanco y moteado bajo los brazos, Hiko el del pelo largo montó a horcajadas sobre el lomo del perro negro y se dirigió volando por los cielos hasta la mansión del regente de Asuka. Cuando los dos jóvenes samuráis lo vieron llegar, desconcertados, no sabían dónde meterse.

Incluso el regente, ante aquella sorpresa tan extraordinaria, como si hubiera entrado de repente en un sueño, se quedó asombrado observando la figura majestuosa de Hiko el del pelo largo.

Lo primero que hizo Hiko el del pelo largo fue quitarse el casco y saludar cortésmente al regente con una reverencia.

—Mi nombre es Hiko el del pelo largo y habito en este país, al pie de la montaña Katsuragi. Soy yo quien rescató a sus dos hijas y esos dos samuráis de ahí no movieron ni un dedo para exterminar a Shokushinjin y a Tsuchigumo.

Al oírlo, ambos samuráis, que habían anunciado como hazaña propia todo lo que les había contado Hiko el del pelo largo, palidecieron y le interrumpieron:

—Eso no es más que una sarta de mentiras. Fuimos nosotros quienes le cortamos la cabeza a Shokushinjin y quienes desmontamos el plan de Tsuchigumo. ¡Nadie duda de que fuimos nosotros! —expresaron con convencimiento.

El regente, situado entre ambas partes, observaba alternativamente a los samuráis y a Hiko el del pelo largo sin poder dilucidar quién de ellos decía la verdad.

—La única solución es preguntaros a vosotras. ¿Quién diablos de entre estos hombres os rescató? —dijo dirigiéndose a las doncellas.

Las doncellas, inclinándose sobre el pecho de su querido padre, le hablaron con cierta timidez.

—Fue Hiko el del pelo largo quien nos rescató. Como prueba de ello, en su abundante melena colocamos nuestras peinetas, así que, padre, vos mismo podéis comprobarlo.

Ciertamente, sobre la cabeza de Hiko el del pelo largo podían percibirse los hermosos brillos titilantes de una peineta de oro y otra de plata. Ante aquella evidencia, los samuráis no tenían ya recursos para objetar, así que terminaron postrándose ante el regente.

—En realidad fue nuestro plan mezquino el apropiarnos de la hazaña de Hiko el del pelo largo para haceros creer que fuimos nosotros quienes rescatamos a las doncellas. Su Excelencia sea misericordioso, teniendo en cuenta que hemos confesado —alegaron temblando.

Lo que sucedió luego ya no es necesario contarlo aquí. Hiko el del pelo largo, tras recibir un buen montón de recompensas, se convirtió en el yerno del regente de Asuka y los dos jóvenes samuráis huyeron de la mansión perseguidos por los tres perros. Ahora bien, a cuál de las dos doncellas tomó por esposa Hiko el del pelo largo, incluso hoy en día no está claro. Eso es algo que se ha perdido en los anales de la historia.

Diciembre del año 7 de la Era Taisho (1918)

LA HISTORIA DEL TIGRE

Una noche, hacia finales de año, un padre y su hijo de apenas cinco años estaban juntos acurrucados alrededor de un *kotatsu*[1].

Niño: Papá, cuéntame una historia.

Padre: ¿Qué historia?

Niño: No importa... ¡Sí, la historia del tigre!

Padre: ¿La historia del tigre? Es que la historia del tigre...

Niño: Va, venga, la historia del tigre.

Padre: ¿La historia del tigre? Bueno, pues te contaré la historia del tigre. Antiguamente, un soldado corneta de Corea se emborrachó tanto de sake que se quedó profundamente dormido en mitad de una senda en la montaña. Entonces, notando la cara mojada, se despertó de repente. Al abrir los ojos, descubrió a un enorme tigre que le estaba acariciando la cara con la cola empapada de agua.

Niño: ¿Pero por qué?

---

1 Mesa camilla de patas cortas con un brasero debajo y con una colcha que lo cubre todo.

PADRE: Como el corneta estaba borracho, el tigre pensaba comérselo después de quitarle la peste a alcohol que desprendía.

NIÑO: ¿Y qué pasó luego?

PADRE: El corneta, sin pensárselo dos veces, agarró su instrumento y se lo clavó al tigre en el trasero. El tigre, sorprendido y dolorido, huyó como pudo en dirección al pueblo más cercano.

NIÑO: ¿Y no se murió?

PADRE: Sí, al llegar al pueblo, debido a la herida en el trasero, se quedó tieso en mitad de la calle. Pero hasta que finalemente murió, la corneta, clavada en su trasero, sonaba y sonaba.

NIÑO: [*Se ríe*] ¿Y qué pasó con el corneta?

PADRE: El corneta, recibiendo muchas alabanzas, fue recompensado por haber exterminado al tigre... Hala, se terminó el cuento.

NIÑO: ¡Jolín! Venga, otro.

PADRE: El siguiente no va sobre tigres, ¿eh?

NIÑO: No, no. ¡Cuenta otra historia de tigres!

PADRE: ¡Como si hubiera tantas! A ver... ¿Qué otra historia de un tigre podrá haber? Ah, ya. Venga, te contaré esta. Un cazador, también de Corea, se dirigía a cazar en mitad de la montaña cuando de repente vio pasar a un tigre que caminaba por el fondo del valle a sus pies.

NIÑO: ¿Era un tigre grande?

PADRE: Sí, un tigre enorme. El cazador pensó que sería una buena presa y se puso enseguida a cargar la escopeta.

NIÑO: ¿Le disparó?

Padre: Justo cuando iba a disparar, el tigre se agachó un instante para luego saltar sobre una gran roca. Desgraciadamente, su salto quedó a medias; no alcanzó la roca y terminó cayendo al suelo.

Niño: ¿Y entonces?

Padre: Entonces el tigre regresó al mismo sitio y volvió a saltar sobre la gran roca.

Niño: ¿Esta vez lo consiguió?

Padre: También esta vez cayó al suelo. Entonces, muerto de vergüenza, se esfumó de allí con su larga cola entre las piernas.

Niño: ¿Entonces... no le disparó?

Padre: No, su aspecto era tan parecido al de los humanos que le dio pena dispararle.

Niño: Qué historia tan aburrida. Cuéntame otra historia de un tigre.

Padre: ¿Otra? Te cuento mejor la historia de un gato. La historia del gato con botas.

Niño: No, no. Cuéntame la historia de un tigre.

Padre: Qué remedio... Érase una vez un enorme tigre que tenía tres cachorros tigres. El tigre jugaba con sus tres crías hasta que se ponía el sol. Entonces, al llegar la noche, se metían en la cueva y se ponían a dormir juntos... ¡Oye, no te duermas!, ¿eh?

Niño: [*Adormilado*] Qué va...

Padre: Hasta que una tarde de otoño, el tigre fue alcanzado por una flecha y regresó a casa herido de muerte. Los tres cachorros, ignorando lo ocurrido, se pusieron a retozar alrededor del tigre. El tigre, como si no pasara nada, jugó con ellos dando botes y saltos. Después, como de costumbre, se metió en la cueva para dormir con ellos. Al amanecer, el tigre yacía muerto entre los cachorros. Los pequeños tigres estaban asustados... ¡Eh! ¿Estás despierto?

NIÑO: [*Adormecido, no responde*]...

PADRE: ¡Eh! ¿Hay alguien ahí? Este ya se ha quedado dormido.

A lo lejos se oyó una respuesta: «Sí, ya voy».

Diciembre del año 14 de la Era Taisho (1925)

LOS CAPRICHOS[1]

1 En español en el original, en referencia a los grabados de Goya.

La risa, desde el punto de vista de la cantidad, se divide en sonrisa y en carcajada. Desde el punto de vista de la calidad, en risa alegre, risa burlona y risa amarga. A mí la que más me gusta es la carcajada que surge como una explosión reuniendo en una sola risa la alegría, la burla y la amargura. La carcajada de Mefistófeles cuando espanta a los estúpidos estudiantes en la taberna de Auerbach.

Carl Emilius[1]

Judas

Se acercaba la Pascua judía, «la festividad del pan ácimo». Los sacerdotes del sanedrín buscaban la manera de matar a Jesús. Pero temían la ira del pueblo. Entonces el demonio trató de poseer a Judas, de apellido Iscariote, uno de los doce apóstoles. Cuando Judas caminaba por un bosque de olivos, el diablo le susurró: «Vende a Jesús a los sacerdotes del sanedrín. Si así lo haces, te ganarás treinta denarios».

1 Autor desconocido, posiblemente invención de Akutagawa. La taberna de Auerbach se refiere a un episodio del *Fausto* de Goethe. En el original, Mefistófeles no estalla en ninguna carcajada, si bien se ríe de sus interlocutores provocándoles alucinaciones. Se trataría, pues, de una risa metafísica.

Sin embargo, Judas se tapó las orejas y salió corriendo de aquel bosque. Más tarde, cuando vagaba sin rumbo por las calles de Jerusalén, el diablo lo intentó de nuevo: «Vende a Jesús a los sacerdotes del sanedrín. Si no lo haces, terminarás clavado en una cruz junto a él». Sin embargo, Judas se tapó los oídos y escapó de allí corriendo para ir al encuentro de Jesús. Entonces Jesús le dijo: «Judas, te conozco muy bien. Eres más fuerte que un fiero león, pero no olvides que tienes un corazón de cordero». A Judas le alegraron aquellas palabras. Sin embargo, no comprendió bien su sentido. Llegó el día de la Pascua y Jesús se reunió con sus apóstoles para comer. El diablo tentó a Judas por tercera vez: «Vende a Jesús a los sacerdotes del sanedrín. Si así lo haces, tu nombre será recordado para siempre junto al de Jesús. Si el nombre de Jesús es más brillante que el sol, tu nombre será más temible que el de la propia oscuridad. Más que un sirviente del reino de los cielos tú deberías ser el rey de los infiernos: la ramera de Babilonia, tu esposa; la bestia de siete cabezas, tu caballo; el fuego, el humo y el azufre desprendiendo eternamente su aroma frente a tu trono de ébano». Mientras escuchaba aquella voz, Judas tuvo visiones magníficas del infierno. Entonces Jesús le ofreció a Judas un poco de comida y le dijo calmadamente: «Lo que tengas que hacer hazlo rápido». Judas tomó el alimento entre sus manos y salió de allí enseguida. Era ya de noche. Judas se presentó frente al sumo sacerdote Caifás y le dijo que no le iba a entregar a Jesús. Caifás, sorprendido, preguntó: «¿Quién eres tú? ¿Un discípulo de Jesús o su maestro?». Ante aquellas palabras, la frente de Judas se ensombreció más que el cielo durante una tormenta, sus ojos resplandecieron más que las llamas y adoptó la actitud propia de un rey...

Ojos

(Palabras de Zhang Su Chen, el mejor
chef de la cocina china)

Ojos. Lo que me apetece a mí hoy es darme un banquete de ojos. ¿Qué ojos? Pues los ojos de personas sin espíritu crítico. Uno no puede decir que ha comido personas si no se ha comido los ojos. Los ojos son realmente una delicia. Con esas legañas y su consistencia correosa... ¿Que cómo los preparo? Bueno, pues los pongo a cocer en agua. Igual que sucede con los huevos de paloma, dicen que los ojos con la parte blanca y negra bien definida, al meter un poco de cilantro, flotan ligeramente. ¿Qué le parece? Suena bien, ¿verdad? A mí, ya solo de pensarlo, se me hace la boca agua. Ni los nidos de golondrina cocidos ni..., no, no, ni punto de comparación. Ahora bien, hoy, al extraer los ojos... Menuda sorpresa que me he llevado... Estos ojos no sirven para cocinarlos... ¿Cómo dice? ¿De hombre o mujer? Son de un hombre. De un hombre barbudo que vestía levita. Mire, mire. Aquí tengo su tarjeta. Herr Stuffendpuff. ¿Es famoso? Ya veo, así que escribía críticas controvertidas para aquel periódico y demás. Mire, mire... Estos son sus globos oculares. Aunque los golpee contra la pared, no se rompen. Sorprendente, ¿verdad? Los dos son postizos... ¡Prótesis de cristal!

Fatiga

En mitad de una tormenta, un caballo árabe blanco montado por un oficial de mosqueteros corría y corría jadeante. De repente, cinco o seis disparos sucesivos rompieron el silencio desolador del camino. En eso, un perro que estaba justo orinando a la sombra de un hilera de abedules, le dirigió la palabra a un compadre suyo peludo que pasaba por allí.

—¿Qué te parece ese caballo blanco? Lo fatigado que debe de estar...

—Qué barbaridad. Y eso que no son solo los caballos las únicas bestias...

—Exacto... Que si nos montaran a nosotros, podrían incluso llegar corriendo hasta los confines del mundo...

Los dos perros, tan pronto como terminaron de hablar, echaron a correr por el camino con aire triunfante como si llevaran a cuestas al oficial mosquetero.

La bruja

Una bruja iba volando a horcajadas sobre su escoba, a trompicones por los aires.

Tres la vieron.

Una fue la luna, entrada ya en años. Acostumbrada a ello, siguió su camino en silencio hacia lo alto de una torre.

Otra fue la veleta con forma de gallo, que al verla, empezó a girar y chirriar sobre el poste como si la hubiera pillado por sorpresa.

El tercero fue el profesor Dundergutz, catedrático de universidad. Tras ver a la bruja, se enfrascó en una investigación para dilucidar si la bruja volaba por los cielos debido a que era ella la que hacía volar la escoba o si era la escoba la que la hacía volar a ella.

Parece que todavía hoy el profesor continúa con su investigación para resolver este gran dilema.

También anoche, montando a horcajadas su escoba, la bruja volaba a trompicones por los aires como si fuera un enorme murciélago.

Recreo

Al borde de un precipicio, entre las grietas de la roca, crecía un helecho. Sobre ese helecho, hacía ya rato que Tom estaba inmerso en una lucha a vida o muerte con una tarántula. Pero siendo Tom un hombre que medía apenas un pulgar, tal y como lo definía su célebre sobrenombre, contra la araña no lo tenía nada fácil. La araña, extendiendo sus patas, arremetía contra Tom a gran velocidad. Momento que Tom aprovechaba una y otra vez para agacharse e infligirle una estocada a la araña en el vientre.

De esa guisa continuaron durante largo tiempo; y ya estaban casi sin aliento, cuando de repente ambos quedaron por igual paralizados presa del terror.

Bajo la roca donde crecía el helecho se extendía un profundo valle. Allí, en el fondo del valle, desde hacía ya media jornada, un dragón peleaba contra san Jorge, que iba montado sobre su caballo blanco. Pero el dragón lo tenía crudo para ganar, porque además del caballero contra el que luchaba se sumaba a la batalla la protección divina. Una y otra vez el dragón escupió fuego por la boca y asaltó al jinete en su montura, pero sus zarpas resbalaban al contacto con la armadura del caballero. San Jorge, blandiendo su lanza, hacía correr a su caballo de un lado para otro. El resonar ligero de los cascos, el brillo fulminante de su lanza primorosa y aquella melena desgreñada al viento asomando bajo el casco en mitad de las llamas que escupía el dragón...

Tom, distinguiendo la figura imponente de san Jorge, chasqueó la lengua y susurró para sí con amargura:

—Demonios. Ese de ahí está de recreo.

Don Juan *aux enfers*

Don Juan, desde el interior de la barca, observaba las aguas del río en penumbra. De vez en cuando las olas color azafrán golpeaban el costado de la embarcación esparciendo fuegos artificiales de espuma. En la popa, mudo como una roca, hoy también Caronte a los remos, ¡oh, tú, triste Caronte!

Entre las olas de la lejanía, un alma levantaba en alto los brazos mientras maldecía al pasajero de la barca. Otra alma observaba con desesperación su rostro desde la espuma que flotaba junto a la barca. ¡Mirad! ¡Mirad los brazos robustos de esa otra alma que se agarra a la proa! Y casi al instante, en la popa, ahuyentada quizá por el remo de Caronte, asomban las plantas de los pies de otra alma que se hundía en el agua de cabeza.

El alma del marido al que le robó la esposa, el alma del padre de la muchacha a la que sedujo, el alma del joven al que le birló la novia... Las incontables almas que aparecían flotando en aquel río eran todas, sin excepción, almas de hombres. ¡Oh, nuestro poeta Baudelaire! Ni siquiera tú sabías cuán gran cantidad de almas masculinas gritaban y sollozaban en aquel río del infierno.

Aun así, don Juan, con su espada ceñida al cinto, se estaba encendiendo un puro muy aromático con toda la calma del mundo. Observaba a aquella multitud de almas sin mover ni siquiera una ceja. ¿Pero por qué no sentía miedo en aquella situación como lo sentiría cualquier mortal común? ¡Pues obviamente porque tampoco había entre todas aquellas almas ni un solo adonis que le hiciera sombra!

Fantasmas

Estamos en el mostrador de una librería de viejo. Es de noche. El librero está dormitando. Se oye la melodía tenue de un piano; la prueba de que cerca hay algún café.

PRIMER FANTASMA.—[*Se aparece vagamente junto al contador con aspecto de estar decepcionado.*] Otra librería de viejo. Seguro que aquí sí lo tienen [*Busca con fervor entre las estanterías.*] *Obras completas de Chikamatsu, El Manyoshu comentado, Takekurabe*[2], *Anna Karenina, Antología de haikus de*

2 Obra de Higuchi Ichiyō escrita entre 1895 y 1896.

Basho... Pues no, no está. Me lo temía. Pero no es posible que no esté...

SEGUNDO FANTASMA.—[*Se desliza con ligereza hacia el contador, también con aspecto cansino.*] ¡Oh! Buenas noches.

PRIMER FANTASMA.—Buenas noches. ¿Qué tal te ha ido con tus libretos?

SEGUNDO FANTASMA.—Nada, no ha habido suerte. Todos los teatros los tienen en el almacén. Como siempre, solo se representan en viejos teatros mohosos. ¿Y tú qué tal con tus novelas?

PRIMER FANTASMA.—Igual. No se ha vuelto a reeditar. Ya no queda nadie que lea mis novelas.

SEGUNDO FANTASMA.—[*Esbozando una sonrisa burlona.*] Será que tú habrás pasado también de moda.

PRIMER FANTASMA.—[*Poniéndose sentimental.*] Sí, hemos pasado de moda. Aunque claro, es que ya hace más de cincuenta años que nos hemos ido al otro mundo.

TERCER FANTASMA.—[*Desprendiendo un brillo fosforescente, se acerca flotando y divertido.*] Buenas noches. ¿A qué vienen esas caras largas? Eso de ser un fantasma deprimido ya no se lleva. Es mi deber como crítico literario oponerme a vuestro mal gusto.

PRIMER FANTASMA.—¡Nosotros no estamos de caras largas! Lo que pasa es que tú andas demasiado alegre para ser un fantasma.

TERCER FANTASMA.—Puede que así sea. Pero es que yo, esta noche de entre todas las noches, he sentido por primera vez las ventajas de estar muerto.

SEGUNDO FANTASMA.—[*Burlándose.*] ¿Es que acaso van a salir tus obras completas?

TERCER FANTASMA.—No, no van a salir mis obras completas. Pero lo que sí es seguro es que mi nombre quedará para la posteridad.

SEGUNDO FANTASMA.—[*Con suspicacia.*] ¿Ah, sí?

PRIMER FANTASMA.—[*Alegrándose.*] ¿En serio?

TERCER FANTASMA.—Sí, lo digo en serio. Mirad esto si no me creéis. [*Saca un volumen y se lo muestra.*] Este libro acaba de salir hoy mismo. En sus páginas se me dedican cinco o seis líneas. ¿Qué me decís ahora?

SEGUNDO FANTASMA.—A ver, déjame ver. [*Voltea las páginas efusivamente.*] ¿Y no sale mi nombre?

PRIMER FANTASMA.—Digo yo que al menos el nombre saldrá. Busca ya de paso el mío.

TERCER FANTASMA.—[*Hablando para sí mismo con engreimiento.*] Al final me he vuelto inmortal. Como Saint Beuve o como Taine... No está mal tampoco eso de la inmortalidad.

SEGUNDO FANTASMA.—[*Al primer fantasma*] Pues tu nombre no aparece, ¡eh!

PRIMER FANTASMA.—El tuyo tampoco parece que esté.

SEGUNDO FANTASMA.—[*Al tercer fantasma.*] ¿Y tú dónde sales?

TERCER FANTASMA.—Mira en el índice, en el índice. Busca por × × × ×.

SEGUNDO FANTASMA.—Ya veo. Sí, aquí está: «De entre la gran cantidad de críticos literarios de aquella época es digno de ser recordado el controvertido × × × ×».

TERCER FANTASMA.—Bueno, y así sigue, a grandes rasgos. No hace falta que continúes leyendo.

SEGUNDO FANTASMA.—Ya que estamos, déjame que lea un poco más: «Obviamente, era en muchos aspectos un crítico totalmente desprovisto de genialidad...».

PRIMER FANTASMA.—[*Mostrándose satisfecho.*] Sigue, sigue.

SEGUNDO FANTASMA.—[*Continúa leyendo.*] «Pero hay razones suficientes para que pasara a la posteridad...».

TERCER FANTASMA.—Déjalo ya, hombre. Es que yo tengo que irme.

SEGUNDO FANTASMA.—Espera, deja que termine. [*Alzando cada vez más la voz.*] «Y eso se debe al hecho de que este crítico...».

TERCER FANTASMA.—Bueno, yo me marcho.

PRIMER FANTASMA.—¿A qué tantas prisas?

SEGUNDO FANTASMA.—Si solo falta una línea: «Y eso se debe al hecho de que este crítico se pasaba el tiempo...».

TERCER FANTASMA.—[*Desesperándose.*] Bueno, pues leedlo si queréis. Pero yo me voy, así que ahí os quedáis [*Se desvanece junto al brillo fluorescente.*]

PRIMER FANTASMA.—¿Pero por qué se pone así?

SEGUNDO FANTASMA.—No es para menos. Mira, mira, escucha esto: «Y es por el hecho de que este crítico se pasaba el tiempo despotricando con su lengua viperina cada vez que salía un nuevo relato de Akutagawa Ryūnosuke».

PRIMER FANTASMA.—[*Se ríe.*] Me lo imaginaba.

SEGUNDO FANTASMA.—La inmortalidad puede ser también una maldición, ¿verdad? [*Arroja el libro.*]

El ruido despierta al librero.

Librero.—¿Qué? ¿Se ha caído un libro de la estantería? Pero si este libro es nuevo...

Segundo fantasma.—[*Poniendo a propósito una voz tremebunda.*] ¡Pronto este libro será también viejo!

Librero.—[*Asustado.*] ¿Quién anda ahí? ¿Quién eres?

Primer fantasma.—[*Al segundo fantasma.*] Pero hombre, no cometas fechorías. Venga, regresemos juntos al Hades[3]. [*Se desvanece.*]

Segundo fantasma.—¡A ver si pone usted también mi libro! [*Se desvanece.*]

El librero se queda pasmado.

Noviembre del año 10 de la Era Taisho (1921)

3 Así escrito en el original (en alfabeto).

LOS TRES TESOROS

1

En el interior del bosque. Tres ladrones disputándose tres tesoros: unas botas largas con las que se puede recorrer una distancia de mil ri[1] *de un solo salto, un manto que vuelve invisible a quien lo portara y una espada que lo corta todo, incluso el hierro. Ahora bien, los tres objetos no parecen más que trastos viejos.*

PRIMER LADRÓN.—¡Trae acá ese manto!

SEGUNDO LADRÓN.—Ni hablar, y esa espada me la das a mí... ¡Eh! ¡No me quites las botas!

TERCER LADRÓN.—¡Pero si estas botas eran mías! ¡Has sido tú el que me las ha robado a mí!

PRIMER LADRÓN.—Bueno, bueno, entonces el manto me lo quedo yo.

SEGUNDO LADRÓN.—¡Desgraciado! Ni lo sueñes.

PRIMER LADRÓN.—¡Cómo te atreves a pegarme! ¡Devuélveme mi espada!

TERCER LADRÓN.—¡Pero qué dices! ¡Ladrón de mantos!

---

1 Un *ri* equivale a 3,927 km, por tanto, 1000 *ri* a 3927 km.

Los tres ladrones se enzarzan en una pelea. En eso aparece un joven príncipe a caballo que está de paso por el sendero de aquel bosque.

PRÍNCIPE.—¡Eh, eh! ¿Pero qué hacéis? [*Baja del caballo.*]

PRIMER LADRÓN.—Este, este de aquí es el culpable. Me ha birlado la espada y ahora, encima, quiere que le entregue el manto.

TERCER LADRÓN.—No, la culpa es suya. El manto me lo ha robado él.

SEGUNDO LADRÓN.—No, no, los ladrones son estos dos. Las tres cosas eran mías.

PRIMER LADRÓN.—¡Mentiroso!

SEGUNDO LADRÓN.—¡Maldito embaucador!

Los tres hacen ademán de pelearse de nuevo.

PRÍNCIPE.—Un momento, un momento. Todo esto por un manto andrajoso y unas botas con agujeros... ¿Qué más dará quién se los quede?

SEGUNDO LADRÓN.—De eso nada. Este manto, si te lo pones, te vuelve invisible.

PRIMER LADRÓN.—Y esta espada es capaz de cortar cualquier casco de hierro.

TERCER LADRÓN.—Calzándote estas botas, puedes recorrer hasta mil *ri* de un solo salto.

PRÍNCIPE.—Ya veo. En ese caso quizás sí valga la pena pelearse por tales tesoros, ¿pero no sería mejor dejar a un lado la avaricia y repartir un objeto para cada uno?

SEGUNDO LADRÓN.—Sí, claro... Probemos a hacer eso y ya veremos cuánto tarda esa espada en decapitarme.

PRIMER LADRÓN.—A mí lo que más me preocupa es que usen ese manto, porque vete a saber lo que me pueden robar sin que yo me entere.

SEGUNDO LADRÓN.—No, yo sin esas botas no podría escapar como deseo durante los robos.

PRÍNCIPE.—Pues confieso que todo lo que decís tiene sentido, pero si me permitís una sugerencia, ¿qué os parecería vendérmelos a mí? Así no tendríais que preocuparos por el uso que hagan de ellos los otros.

PRIMER LADRÓN.—¿Qué opináis? ¿Se los vendemos a este caballero?

TERCER LADRÓN.—Pues quizás sea buena idea.

SEGUNDO LADRÓN.—Bueno, eso depende del precio.

PRÍNCIPE.—El precio... Sí, ya lo sé. A cambio de ese manto, os ofrezco el manto rojo con brocados en los bordes que llevo puesto. A cambio de esas botas, os ofrezco las mías, que llevan perlas incrustadas. Y si aceptáis esta espada con pomo de oro por la vuestra, no podéis salir perdiendo. ¿Qué os parece?

SEGUNDO LADRÓN.—Yo acepto ese manto por este otro.

PRIMER Y SEGUNDO LADRÓN.—Nosotros tampoco tenemos inconveniente.

PRÍNCIPE.—Bien, entonces hagamos el trueque.

El príncipe, tras llevar a cabo el intercambio de mantos, botas y espadas, monta de nuevo en su caballo y se dispone a seguir su camino a través del bosque.

PRÍNCIPE.—¿Hay cerca de aquí alguna posada?

PRIMER LADRÓN.—Saliendo del bosque encontrará Su Alteza una posada que se llama El Cuerno de Oro. Vaya en paz.

PRÍNCIPE.—Os lo agradezco. Adiós entonces. [*Se va.*]

TERCER LADRÓN.—Qué buen negocio hemos hecho, ¿a que sí? Conseguir aquellas botas por estas otras... Mirad, mirad. En las hebillas llevan diamantes.

SEGUNDO LADRÓN.—¿Y qué me decís de mi manto? Es espléndido, ¿verdad? Si me lo pongo, pareceré todo un caballero.

PRIMER LADRÓN.—Pues ya no te digo esta espada. Incluso la empuñadura y la vaina son de oro. Qué príncipe tan estúpido... No pensé que se dejaría engañar tan fácilmente.

SEGUNDO LADRÓN.—¡Calla! Las paredes tienen oídos y las botellas, boca. Venga, vayamos a algún sitio y brindemos.

Los tres ladrones, riéndose descaradamente, se marchan por el camino opuesto al del príncipe.

2

En la tasca de la posada El Cuerno de Oro. El príncipe mordisquea un pedazo de pan en un rincón de la tasca. Aparte del príncipe hay siete u ocho clientes. Son todos labradores.

EL DUEÑO DE LA POSADA.—Por lo visto, la princesa al fin va a contraer matrimonio.

PRIMER LABRADOR.—Eso parece. Y dicen que el novio es un rey negro.

SEGUNDO LABRADOR.—Pero corre el rumor de que la princesa detesta a ese rey.

PRIMER LABRADOR.—Si lo detesta, pues que no se case y punto.

EL DUEÑO.—Por lo visto, el rey negro posee tres tesoros. Unas botas que saltan hasta mil *ri*, una espada que corta incluso el hierro y un manto que vuelve invisible. Nuestro rey es un hombre muy codicioso, así que parece que ha aceptado esos tesoros como regalo a cambio de la mano de la princesa.

SEGUNDO LABRADOR.—Pobrecita entonces la princesa.

PRIMER LABRADOR.—¿No habrá nadie que quiera librarla de ese trance?

EL DUEÑO.—Sí, son muchos los príncipes de otros países que quisieran salvarla, pero ninguno capaz de hacerle frente al rey negro, a quienes todos miran con envidia.

SEGUNDO LABRADOR.—Para colmo, nuestro avaricioso rey parece que ha puesto a un dragón para proteger a la princesa y que así nadie la rapte.

EL DUEÑO.—¿Pero qué dices? Un dragón, no. Soldados.

PRIMER LABRADOR.—Si yo supiera hacer magia, sería el primero en ir a rescatarla.

EL DUEÑO.—¡No te digo! Y yo, claro. Si tuviera poderes, ni por asomo dejaría que te encargaras tú. [*Todos se ríen.*]

EL PRÍNCIPE.—[*Saltando de pronto en mitad de todos los presentes.*] ¡No os preocupéis! ¡Vais a ver como la rescato!

TODOS.—[*Sorprendidos.*] ¿Tú?

EL PRÍNCIPE.—Sí, yo. Por mí puede venir el rey negro y cuantos otros quieran. [*Cruzándose de brazos desplaza su mirada por todos los presentes.*] ¡Voy a acabar con ellos uno a uno!

El dueño.—Pero es que ese rey tiene tres objetos mágicos. Unas botas que pueden saltar hasta mil *ri*, una...

El príncipe.—¿Una espada que corta el hierro? Yo también tengo los mismos objetos. Mirad estas botas. Mirad esta espada. Mirad este manto viejo. Estos objetos son exactamente iguales que los que tiene el rey negro.

Todos.—¡¿Esos zapatos?! ¡¿Esa espada?! ¡¿Ese manto?!

El dueño.—[*Con suspicacia.*] Pero si esas botas están llenas de agujeros...

El príncipe.—Sí, están llenas de agujeros, pero aun así son capaces de saltar hasta mil *ri* de distancia.

El dueño.—¿En serio?

El príncipe.—[*Con pena.*] Es posible que penséis que os miento. Pues bien, en ese caso os mostraré cómo salto. Abridme la puerta. ¿Estáis listos? Porque sabed que en cuanto salte me perderéis de vista.

El dueño.—Antes de saltar, ¿le importaría pagar la cuenta?

El príncipe.—¿Cómo? Si enseguida estoy de regreso. ¿Qué queréis que os traiga de regalo? ¿Unas granadas de Italia? ¿Unos melones de España? ¿O bien preferís unos higos de la lejana Arabia?

El dueño.—Cualquier cosa me vale como regalo. Venga, muéstranos como vuelas.

El príncipe.—Así pues, voy a saltar... Uno, dos... ¡Tres!

El príncipe salta con todas sus fuerzas. Sin embargo, sin ni siquiera alcanzar la puerta de entrada, se cae de culo. Todos se ríen.

EL DUEÑO.—Me lo imaginaba.

PRIMER LABRADOR.—¿Mil *ri*? ¡Si no ha saltado ni dos metros!

SEGUNDO LABRADOR.—¡Qué va, hombre! Es que ha saltado mil de ida y otros mil de vuelta y se ha quedado en el mismo sitio.

PRIMER LABRADOR.—Ni en broma. Menuda estupidez.

Todos se ríen. El príncipe, humillado, se levanta con la intención de largarse de aquella tasca.

EL DUEÑO.—Oye, oye. Que se te olvida la cuenta.

El príncipe, sin terciar palabra alguna, paga lo que debía.

SEGUNDO LABRADOR.—¿Y los regalos?

EL PRÍNCIPE.—[*Llevándose la mano a la empuñadura.*] ¿Cómo dices?

SEGUNDO LABRADOR.—[*Retrocediendo del susto.*] Nada, nada. No he dicho nada. [*Luego, entre dientes.*] La espada cortar seguro que corta.

EL DUEÑO.—[*Calmándolo.*] Bueno, bueno. Tú eres todavía muy joven, así que regresa al país de tu padre. Por mucho jaleo que armes, no eres rival para el rey negro. Es de sentido común en el ser humano mantener la prudencia y no olvidar las propias limitaciones.

TODOS.—Sí, sí, eso, eso.

EL PRÍNCIPE.—Y yo que pensaba que era capaz de cualquier cosa... [*De repente se echa a llorar.*] ¡Qué vergüenza! [*Esconde el rostro.*] ¡Ay! ¡Ahora mismo querría desaparecer!

PRIMER LABRADOR.—Mira a ver si cubriéndote con ese manto. Quizás así desaparezcas.

EL PRÍNCIPE.—¡Maldita sea! [*Da una pataleta.*] ¡Está bien! Burlaos de mí cuanto queráis. Os demostraré que puedo salvar a la pobre princesa de las garras del rey negro. Las botas no han saltado mil *ri*, pero todavía me queda la espada. [*Con todo su ímpetu.*] ¡No, os demostraré que puedo salvarla incluso con las manos vacías!

EL DUEÑO.—Menudo cabezota. Esperemos al menos que el rey negro no lo mate...

3

En los jardines del castillo del rey. Rodeada de rosas, mana el agua de una fuente. Al principio no hay nadie. Al poco rato, aparece el príncipe cubierto con el manto.

EL PRÍNCIPE.—No cabe duda de que, al cubrirme con este manto, me he vuelto invisible. Desde que he cruzado la puerta del castillo, me he topado con soldados y doncellas, pero nadie me ha llamado la atención. Con este manto podré acceder a las estancias de la princesa igual que el aire invisible que acaricia estas rosas... ¡Oh! ¿Acaso no es aquella que pasa por allí la princesa de la que todos hablan? Será mejor que me esconda... No, ¿pero qué digo? No hace falta. La princesa será incapaz de verme, aunque me quede aquí parado.

La princesa, llegando al borde de la fuente, emite un suspiro de tristeza.

LA PRINCESA.—¡Ay! ¡Pobre de mí! ¡Qué desdichada! En menos de una semana aquel odioso rey negro me llevará con él a África. ¡A esa tierra llena de leones y cocodrilos! [*Toma asiento sobre la hierba.*] Yo me quiero quedar en este castillo. Quiero seguir escuchando el rumor de la fuente entre estos rosales.

EL PRÍNCIPE.—¡Qué princesa tan hermosa! Aunque pierda la vida en el intento, siento que debo ayudarla.

LA PRINCESA.—[*Viendo al príncipe, asustada.*] ¿Quién vive? ¿Quién eres tú?

EL PRÍNCIPE.—[*Hablando para sí mismo.*] ¡Maldición! No debí alzar la voz.

LA PRINCESA.—¿Que no debiste alzar la voz? ¿Acaso eres un loco? Aunque para ser un loco tienes un rostro encantador...

EL PRÍNCIPE.—¿Mi rostro? ¿Me puedes ver el rostro?

LA PRINCESA.—Pues claro que lo veo. ¿Por qué te parece tan extraño?

EL PRINCIPE.—¿Ves también el manto?

LA PRINCESA.—Sí. Es un manto bastante andrajoso, por cierto.

EL PRÍNCIPE.—[*Descorazonado.*] Se supone que no puedes verme.

LA PRINCESA.—[*Sorprendida.*] ¿Y eso por qué?

EL PRÍNCIPE.—Este manto tiene el poder de volverme invisible.

LA PRINCESA.—Eso será, si acaso, el manto del rey negro.

EL PRÍNCIPE.—No, también este.

LA PRINCESA.—¿Y es que no te estoy viendo?

EL PRÍNCIPE.—Pues me he cruzado con varios soldados y princesas y no me han visto. La prueba es que nadie me ha llamado la atención.

LA PRINCESA.—[*Se echa a reír.*] Normal. Con ese manto tan viejo que llevas habrán pensado que eres un criado.

EL PRÍNCIPE.—¡Un criado! [*Se sienta desanimado.*] Vaya, lo mismo que con las botas...

LA PRINCESA.—¿Qué pasa con esas botas?

EL PRÍNCIPE.—Se supone que pueden saltar hasta mil *ri* de distancia.

LA PRINCESA.—¿Igual que las botas del rey negro?

EL PRÍNCIPE.—Sí... Pero antes he intentado saltar y no he alcanzado más de dos o tres metros. Mira. También tengo una espada. Se supone que esta espada corta incluso el hierro.

LA PRINCESA.—¿Qué tal si pruebas a cortar algo?

EL PRÍNCIPE.—No, no pienso cortar nada que no sea la cabeza del rey negro.

LA PRINCESA.—¡Oh! Así que has venido para medir tu destreza contra el rey negro.

EL PRÍNCIPE.—No, no para medir mi destreza. Estoy aquí para salvarte a ti.

LA PRINCESA.—¿De verdad?

EL PRÍNCIPE.—De verdad.

LA PRINCESA.—¡Oh! ¡Qué felicidad!

Aparece de repente el rey negro. El príncipe y la princesa se asustan.

EL REY NEGRO.—Buenas tardes. Vengo ahora mismo de África. He venido de un solo salto. ¿Qué os parece el poder de mis botas?

LA PRINCESA.—[*Con indiferencia.*] ¿Por qué no las usas para volverte de nuevo a África?

EL REY.—No. Hoy quisiera conversar con vos tranquilamente. [*Mira al príncipe.*] ¿Y este criado qué hace aquí?

EL PRÍNCIPE.—¿Criado? [*Se levanta visiblemente enojado.*] Yo soy un príncipe y he venido a rescatar a la princesa. Mientras yo esté aquí, no permitiré que le pongas ni un dedo encima.

EL REY.—[*Mostrándose cortés* ex professo.] Soy poseedor de tres objetos mágicos. ¿Lo sabíais?

EL PRÍNCIPE.—¿Os referís a la espada, las botas y el manto? Mis botas serán incapaces de saltar ni una sola calle, pero si es en compañía de la princesa, para estas botas mil o dos mil *ri* no son nada. Y qué me decís de este manto. Gracias a este manto me han confundido con un criado, por lo que he sido capaz de llegar hasta la princesa. ¿Acaso no me ha vuelto un príncipe invisible?

EL REY.—[*Riéndose burlonamente.*] ¡Qué atrevimiento! Ahora verás de lo que es capaz mi manto. [*Se cubre con el manto y desaparece al instante.*]

LA PRINCESA.—[*Dando palmadas.*] ¡Oh! ¡Ha desaparecido! ¡Se ha esfumado! Nada me hace más feliz.

EL PRÍNCIPE.—¡Oh! ¡Qué manto tan práctico. Parece expresamente hecho para nosotros.

EL REY.—[*Reaparece de golpe, mostrándose disgustado.*] Así es. Perfecto para vosotros. A mí ya no me sirve de nada. [*Les arroja el manto.*] Sin embargo, todavía me queda la espada.

[*Reta al príncipe con la mirada.*] ¿Piensas arrebatarme la felicidad? ¡Venga! ¡Nos batiremos en duelo! Mi espada es capaz de cortar el hierro. No será muy difícil cortarte la cabeza. [*Desenvaina.*]

La princesa.—[*Se pone en pie a toda prisa y se planta frente al príncipe.*] Si es capaz de cortar el hierro, seguro que también podrá traspasar mi pecho. ¡Venga! Atrévete a darme una estocada.

El rey.—[*Retrocediendo.*] No, a ti no puedo hacerte daño.

La princesa.—[*Con tono de burla.*] ¡Oh! ¿Así que no eres capaz de traspasar mi pecho? ¿No decías que eras capaz de penetrar el hierro?

El príncpe.—¡Un momento! [*Aparta a un lado a la princesa.*] El rey tiene razón. Soy yo su enemigo, así que debo batirme con él en duelo. [*Al rey.*] ¡Hagámoslo! ¡Luchemos!

El rey.—A pesar de ser tan joven, tu comportamiento es admirable. ¿Estás seguro? Si mi espada te alcanza, no podrás contarlo.

El rey y el príncipe cruzan sus espadas. Al primer encuentro, la espada del rey corta la espada del príncipe como si se tratara de un palo.

El rey.—¿Qué me dices?

El príncipe.—Sí, mi espada la habrás destrozado, pero me río de tu pericia.

El rey.—¿Estás dispuesto a continuar entonces?

El príncipe.—¡Faltaría más! ¡Venga! ¡A ver de lo que eres capaz!

EL REY.—Bien. No es necesario que continuemos con la pelea. [*De repente arroja la espada.*] Has vencido. Mi espada no sirve para nada.

EL PRÍNCIPE.—[*Observa al rey extrañado.*] ¿Por qué?

EL REY.—¿Por qué? Si acabo contigo, la princesa me odiará para siempre. ¿Acaso no lo comprendes?

EL PRÍNCIPE.—Sí, yo sí que lo comprendo. Pero es que yo pensaba que eras tú el que no era capaz de comprenderlo.

EL REY.—[*Sumiéndose en sus pensamientos.*] Yo pensaba que, al poseer tres tesoros mágicos, sería capaz de conquistar a la princesa. Pero estaba equivocado.

EL PRÍNCIPE.—[*Apoyando la mano sobre el hombro del rey.*] Yo también creí que si tenía esos objetos, sería capaz de ayudar a la princesa. Sin embargo, también yo me equivocaba.

EL REY.—Es cierto. Los dos estábamos equivocados. [*Agarra la mano del príncipe.*] Venga, hagamos las paces. Disculpa mi descortesía.

EL PRÍNCIPE.—Disculpa tú igualmente la mía. No hay manera de saber quién es el vencedor en este duelo.

EL REY.—Te equivocas. Me has vencido. Y también me he vencido yo a mí mismo. [*A la princesa.*] Regreso a África. Cuidaos mucho, princesa. La espada del príncipe no es capaz de cortar el hierro, pero sí ha sido capaz de traspasar algo más duro: el corazón de este servidor. Os hago entrega de estos tres tesoros como regalo de bodas: la espada, las botas y el manto. Con tales objetos mágicos en vuestro poder, no habrá enemigo que sea capaz de causaros problemas. De todas formas, si apareciera algún malvado, comuníquenlo inmediatamente a mi reino. Me presentaré junto a un millar de caballeros negros para derrotar a cualquiera que sea vuestro enemigo. [*Con tristeza.*] Para daros la bienvenida, princesa, había mandado construir un palacio de mármol en África, en pleno centro de la capital. Alrededor de ese palacio florecen flores de loto por doquier. [*Al príncipe.*] Ponte de vez en cuando estas botas para venir a visitarme y comeremos juntos.

El príncipe.—Será un honor compartir mesa contigo.

La princesa.—[*Colocándole al rey negro una rosa en el pecho.*] Espero que pueda perdonar la actitud que he mostrado hacia vos. Ni en sueños lo imaginaba capaz de tanta gentileza. Le ruego sinceramente que me perdone. Me siento fatal por mi comportamiento. [*Recostándose sobre el pecho del rey, se pone a llorar como una niña.*]

El rey.—[*Acariciando el cabello de la princesa.*] Muchas gracias. Agradezco sinceramente tus palabras. No soy yo ningún diablo. Los reyes negros y malvados como un diablo solo existen en los cuentos.

El príncipe.—Sin duda. [*Se gira hacia los espectadores.*] ¡Estimado público! Nosotros tres hemos abierto los ojos. Los reyes negros tan malvados como un diablo y los príncipes que poseen tres objetos mágicos solo existen en los cuentos de hadas. Una vez que hemos abierto los ojos, ya no podemos seguir viviendo en los reinos de los cuentos de hadas. Frente a nosotros, desde el fondo de la niebla, se nos aparece un mundo más amplio. ¡Un mundo enorme! ¡Un mundo más hermoso, más horrible, más extenso! Un mundo en el que no sabemos si nos espera el sufrimiento o la alegría. No obstante, lo que sí sabemos es que avanzaremos hacia el horizonte como si fuéramos un ejército de soldados valerosos.

Diciembre del año 12 de la Era Taisho (1923)

GLOSARIO

daimio: señor feudal en el Japón premoderno.

haori: chaquetón que se pone sobre el kimono y se ata por detrás con unas trencillas.

jinshi: el título más alto entre los funcionarios de la corte imperial china.

kappa: ser anfibio sobrenatural.

katana: sable cuya hoja tiene más de 60 cm y que suele llevar el filo hacia arriba.

kibidango: pastelitos de mijo.

kibira: tejido de seda urdido con ligamento de tafetán.

kotatsu: mesa camilla de patas cortas con un brasero debajo y con una colcha que cubre todo.

koto: arpa japonesa de 13 cuerdas que se coloca horizontalmente y se tañe con plectros que enfundan los dedos de la mano derecha.

magatama: abalorios azulados en forma de coma que se usaban como ofrenda a las deidades.

meisen: tipo de tejido de seda resistente al polvo.

obi: fajín largo que ciñe el kimono.

omeshi: tejido de seda con hilos retorcidos en horizontal y parecido al crepé.

Ooshima-tsumugi: tela de seda de alta calidad tejida con la técnica de estampado ***kasurigara***, que consiste en teñir el tejido siguiendo el estampado antes de urdirlo.

rakugoka: recitador ataviado de kimono sencillo en un monólogo cómico.

ri: una legua japonesa equivalente a 3,927 metros.

rikisha: carrito de tracción humana.

sake: bebida alcohólica obtenida por la fermentación del arroz.

sennin: «el inmortal», religioso taoísta o budista con poderes mágicos de inmortalidad alcanzados con prácticas ascéticas.

shogun: gobernante militar cuyo régimen dominó la política japonesa entre 1192 y 1867.

shubi (o *hossu*): utensilio consistente en un mango terminado en una cola de ciervo u otro animal que servía antiguamente para espantar moscas y que se utilizó posteriormente como utensilio en rituales budistas.

tatami: estera gruesa de paja que cubre el suelo de las salas de estilo tradicional japonés.

to: medida de capacidad equivalente a 18,039 litros.

yaksha: ser sobrenatural de alma dual capaz de manifestarse como inofensivo o demoníaco.

Yūki-tsumugi: tejido de seda fabricado tradicionalmente en los alrededores de las ciudades de Yūki (prefectura de Ibaraki) y Oyama (prefectura de Tochigi).

Akutagawa Ryūnosuke

芥川 龍之介

Maestros de la Literatura Japonesa

La segunda edición de
Kappa y otras fábulas
se terminó de imprimir en Salamanca,
el 13 de diciembre de 2025

SATORI

Colección
MAESTROS DE LA LITERATURA JAPONESA

1. *El caminante*
   Natsume Sōseki
2. *Namiko*
   Tokutomi Roka
3. *El santo del monte Koya y otros relatos*
   Izumi Kyōka
4. *Los amantes suicidas de Sonezaki y otras piezas*
   Chikamatsu Monzaemon
5. *Vida de un idiota y otras confesiones*
   Akutagawa Ryūnosuke
6. *El precepto roto*
   Shimazaki Tōson
7. *Las hierbas del camino*
   Natsume Sōseki
8. *El tren nocturno de la Vía Láctea*
   Miyazawa Kenji
9. *Una extraña historia al este del río*
   Nagai Kafū
10. *El samurái barbudo*
    Kōda Rohan
11. *Cuentos de lluvia de primavera*
    Ueda Akinari
12. *Misceláneas primaverales*
    Natsume Sōseki

13 . *Diario de una vagabunda*
Hayashi Fumiko

14 . *El gran espejo del amor entre hombres.*
Historias de samuráis
Ihara Saikaku

15 . *El gran espejo del amor entre hombres.*
Historias de actores
Ihara Saikaku

16 . *La familia Abe*
Mori Ōgai

17 . *Sobre el dragón del abismo*
Izumi Kyōka

18 . *Recuerdos*
Osamu Dazai

19 . *Rashomon y otros relatos históricos*
Akutagawa Ryūnosuke

20 . *La dama que amaba los insectos*
y otros relatos breves del antiguo japón
Anónimo

21 . *Laberinto de hierba*
Izumi Kyōka

22. *Sobre Shunkin*
Tanizaki Junichirō

23. *La historia de un ciego*
Tanizaki Junichirō

24. *La vida enmascarada del señor de Musashi*
Tanizaki Junichirō

25. *Cerezos en la oscuridad*
Higuchi Ichiyō

26. ***El diario de la dama Izumi***
Izumi Shikibu

27. ***El diario de la dama Murasaki***
Murasaki Shikibu

28. ***Una flor***
Miyamoto Yuriko

29. ***Nubes flotantes***
Hayashi Fumiko

30. ***El pájaro demoníaco***
Satō Haruo

31. ***El amor de un idiota***
Tanizaki Junichirō

32. ***Si pudiera cambiarlos. Torikaebaya monogatari***
Anónimo

33. ***La constelación de los cuervos***
MiyazawaKenji

34. ***Arenas movedizas***
Tanizaki Junichirō

35. ***La mujer que tomó veneno***
Iwano Hōmei

36. ***Un día de nieve***
Higuchi Ichiyō

37. ***El gorrión de Java***
Natsume Sōseki

38. ***Kappa y otras fábulas***
Akutagawa Ryūnosuke

Maestros de la Literatura Japonesa

Vida de un idiota

y otras confesiones

Akutagawa Ryūnosuke

Traducción de
Yumika Matsumoto
y Jordi Tordera

Introducción de
Carlos Rubio

Satori

Maestros de la Literatura Japonesa
Rashomon
y otros relatos históricos
Akutagawa Ryūnosuke
Traducción y prólogo de
Iván Díaz Sancho
Satori